FANTASY

Terry Brooks im Goldmann Verlag:

Das Schwert von Shannara (23828)
Der Sohn von Shannara (23829)
Der Erbe von Shannara (23830)

Die Elfensteine von Shannara (23831)
Der Druide von Shannara (23832)
Die Dämonen von Shannara (23833)

Das Zauberlied von Shannara (23893)
Der König von Shannara (23894)
Die Erlösung von Shannara (23895)

Die Kinder von Shannara (24535)
Das Mädchen von Shannara (24536)
Der Zauber von Shannara (24537)

Die Schatten von Shannara (11584)
Die Elfenkönigin von Shannara (24571)
Die Verfolgten von Shannara (24572)

Der verschenkte König (24502)
Königreich zu verkaufen (23914)
Das schwarze Einhorn (23935)

Hook. Roman zum Film von
Steven Spielberg (41326)

FANTASY

# TERRY BROOKS

# DIE KINDER VON SHANNARA

THE SCIONS OF SHANNARA 1

Aus dem Amerikanischen
von Erna Tom

GOLDMANN VERLAG

Deutsche Erstveröffentlichung

*Für Judine*

*Umwelthinweis:*
Alle bedruckten Materialien dieses Taschenbuches sind chlorfrei und umweltschonend.
Das Papier enthält Recycling-Anteile.

Der Goldmann Verlag
ist ein Unternehmen der Verlagsgruppe Bertelsmann


Umschlagentwurf: Design Team München
Umschlagillustration: Parkinson
Satz: IBV Satz- und Datentechnik GmbH, Berlin
Druck: Elsnerdruck, Berlin
Verlagsnummer: 24535
SN · Herstellung: Peter Papenbrok/sc
Made in Germany
ISBN 3-442-24535-4

5 7 9 10 8 6 4

NORDLAND
SCHÄDELREICH
CHARNAL-GEBIRGE
KIERLAK WÜSTE
SCHÄDEL BERG
MALG SUMPF
MESSERGEBIRGE
LETHE
STRELEHEIM EBENE
JANNISON-PASS
OSTLAND
TAL VON RHENN
RABB EBENE
PARANOR
WESTLAND
ANAR
MERMIDON
RABB
DRACHENZÄHNE
TAL VON SHALE
KENNON PASS
WOLFSKLAAG GEBIRGE
KERN
STORLOCK
JADE-PASS
RUNNE-GEBIRGE
VARFLEET
TYRSIS
CALLAHORN
REGENBOGEN-SEE
SILBER-FLUSS
CULHAVEN
NEBEL-SUMPF
SÜDLAND
DULN-WALD
LEAH
SHADY VALE
TIEFLAND VON CLETE
TIEFLAND VON BATTLE MOUND
ANAR

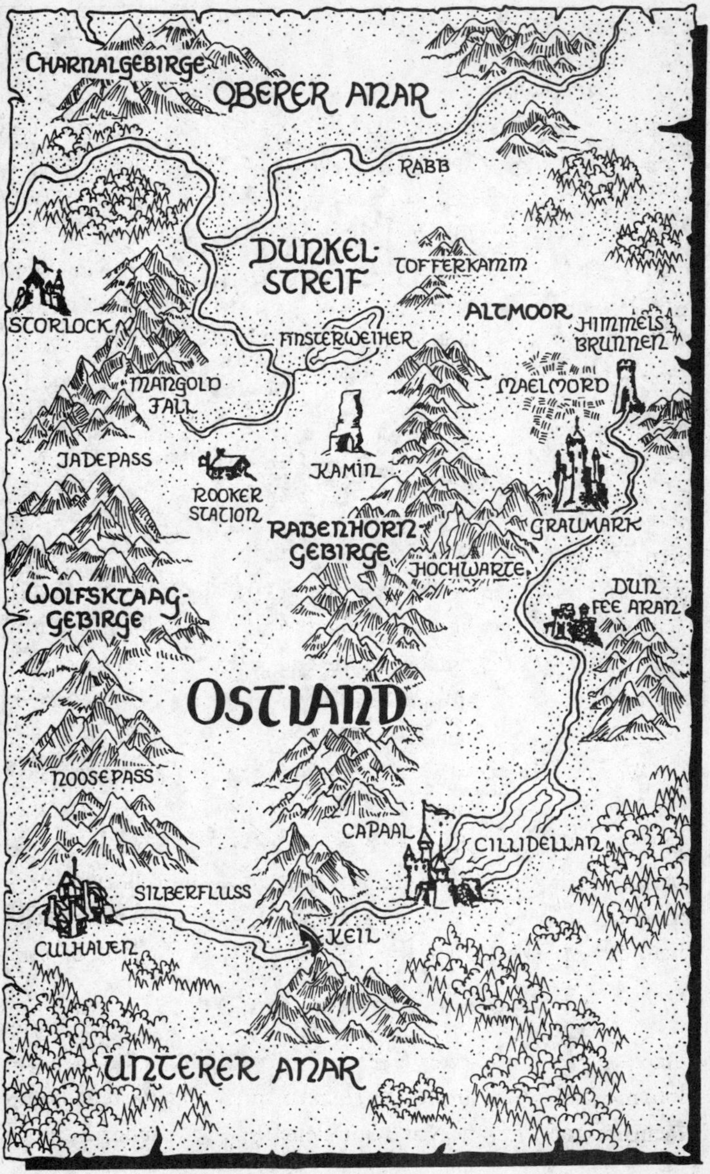

CHARNALGEBIRGE
OBERER ANAR
RABB
DUNKEL-
STREIF
TOFFERKAMM
ALTMOOR
STORLOCK
HIMMELS
BRUNNEN
FINSTERWEIHER
MAELMORD
MANGOLD
FALL
JADEPASS
KAMIN
ROOKER
STATION
RABENHORN-
GEBIRGE
GRAUMARK
HOCHWARTE
WOLFSKTAAG-
GEBIRGE
DUN
FEE ARAN
OSTLAND
NOOSEPASS
CAPAAL
CILLIDELLAN
SILBERFLUSS
KEIL
CULHAVEN
UNTERER ANAR

# 1

Der alte Mann saß allein im Schatten der Drachenzähne und beobachtete, wie im Westen das Licht des Tages der hereinbrechenden Dunkelheit wich. Es war ein kühler Tag gewesen, ungewöhnlich kühl für einen Sommertag, und die Nacht versprach kalt zu werden. Vereinzelte Wolken verdeckten den Himmel und warfen ihre Schatten auf die Erde. Eine Stille füllte die Leere, die durch das dahinschwindende Licht entstand, gleich einer Stimme, die darauf wartet zu sprechen.

Es war eine Stille, die von Zauberei flüsterte, dachte der alte Mann.

Ein Feuer brannte vor ihm, noch klein, gerade ausreichend für seine Zwecke. Schließlich würde er mehrere Stunden abwesend sein. Er starrte in das Feuer mit einer Mischung aus Erwartung und Unbehagen, bevor er sich bückte und die größeren Holzscheite hineinwarf, die die Flammen schon bald auflodern ließen. Er schürte es mit einem Stock, um dann, als die Hitze ihm entgegenschlug, zurückzutreten. Er stand am Rande des Lichtscheins, gefangen zwischen dem Feuer und der wachsenden Dunkelheit, ein Wesen, das sowohl zu beidem als auch zu keinem hätte gehören können. Seine Augen funkelten, als er in die Ferne blickte. Die Gipfel der Drachenzähne ragten in den Himmel und erinnerten an Knochen, die die Erde nicht zu umschließen vermochte. Es lag eine Stille über den Bergen, eine Verschwiegenheit, die ihnen anhaftete wie Reif einem frostigen Morgen und die Träume aller Zeiten verbarg.

Funken stoben aus dem Feuer, und der alte Mann schlug nach einer umherschwirrenden Flocke glühender Asche, die sich auf ihm niederzulassen drohte. Er glich einem Bündel locker zusammengebundener Stäbe, das beim kleinsten Windhauch zu einem

Häufchen Staub zusammenzufallen drohte. Sein graues Gewand und eine Decke hingen an ihm wie an einer Vogelscheuche. Seine lederne und braune Haut überzog tief zerfurcht und faltig seine Knochen. Das dünne, fedrige weiße Haar und der Bart umkränzten seinen Kopf und hoben sich gegen den Feuerschein wie Wattebäusche ab. Er war so runzlig und gebeugt, daß er aussah, als wäre er hundert Jahre alt.

In Wirklichkeit war er fast tausend Jahre alt.

Merkwürdig, dachte er plötzlich, als ihm all die Jahre in den Sinn kamen. Paranor, der Rat der Rassen, sogar die Druiden – alles Vergangenheit. Merkwürdig, daß ausgerechnet er alle überdauert haben sollte.

Er schüttelte den Kopf. All das hatte sich vor so langer Zeit ereignet, lag so weit zurück, daß es ein Teil seines Lebens war, den er kaum noch wiedererkannte. Er hatte geglaubt, dieser Teil sei abgeschlossen, für immer vorbei. Er hatte geglaubt, frei zu sein. Jetzt wurde ihm klar, daß er das nie gewesen war. Es war nicht möglich, frei zu sein von etwas, das schließlich die Verantwortung dafür trug, daß er noch am Leben war.

Wie hätte er sonst, trotz allem, abgesehen vom Schlaf der Druiden, immer noch hier stehen können?

Ein Schauer durchlief ihn im schwächer werdenden Licht, die Dunkelheit umhüllte ihn jetzt ganz, da die Sonne am unteren Rand des Horizonts verschwand. Es war Zeit. Seine Träume hatten ihn wissen lassen, daß es jetzt sein mußte, und er glaubte seinen Träumen, weil er sie verstand. Auch das war ein Teil seines alten Lebens, der ihn nicht loslassen würde – seine Träume, Visionen von jenseitigen Welten, von Warnungen und Wahrheiten, von Dingen, die sein konnten und manchmal sein mußten.

Er trat vom Feuer zurück und betrat den schmalen Weg, der zu den Felsen hinaufführte. Schatten umfingen ihn, deren Berührung ihn schaudern ließ. Lange Zeit ging er so, durch schmale

Schluchten, um riesige Felsblöcke, entlang felsigen Abhängen und schroffen Spalten. Als er wieder ans Licht trat, stand er am Rande eines flachen, steinigen Tales, in dessen Mitte sich ein See befand, dessen glatte Oberfläche wie ein greller grüner Spiegel wirkte.

Der See war der Ort, an dem die Schatten der Druiden zwischen Kommen und Gehen verweilten. Hierher, zum Hadeshorn, war er gerufen worden.

»So soll es denn sein«, sagte er leise.

Langsam und vorsichtig bewegte er sich hinunter zum Tal, sein Herz schlug bis zum Hals. Er war lange fort gewesen. Das Wasser vor ihm bewegte sich nicht; die Schatten schliefen. So war es am besten, dachte er. Es war am besten, sie nicht zu stören.

Er erreichte das Ufer des Sees und hielt inne. Alles war ruhig. Er atmete tief ein, und die ausströmende Luft verursachte ein Geräusch wie raschelndes Laub. Er tastete nach seinem Beutel, den er um den Bauch trug, und lockerte die Schnur. Vorsichtig faßte er hinein und holte eine Handvoll schwarzes Pulver heraus, in das Silberstaub gemischt war. Nach kurzem Zögern warf er es über das Wasser.

Das Pulver explodierte in der Luft und verbreitete ein unnatürliches Licht, das die Nacht um ihn herum wieder zum Tag werden ließ. Er spürte keine Wärme, sah nur Licht. Es flimmerte und tanzte in der Dunkelheit wie ein lebendiges Wesen. Der alte Mann stand da und schaute, hielt Gewand und Decke eng um sich geschlungen, und in seinen Augen spiegelte sich das Leuchten. Er wiegte sich leise vor und zurück und fühlte sich einen Augenblick lang wieder jung.

Plötzlich trat ein Schatten in das Licht, lautlos wie ein Geist, eine schwarze Gestalt, die sich ebenso gut aus der dahinterliegenden Finsternis verirrt haben konnte. Aber der alte Mann wußte es besser. Diese Gestalt hatte sich nicht verirrt, sondern war gerufen worden. Langsam nahm sie deutlichere Konturen an. Es waren die Umrisse eines Mannes, ganz in Schwarz gehüllt, eine große und bedrohliche Erscheinung, die jeder, der sie irgendwann zu Gesicht bekommen hatte, sofort wiedererkannt hätte.

»Also du, Allanon«, flüsterte der alte Mann.

Das verhüllte Haupt neigte sich zurück, so daß die dunklen, harten Züge klar zum Vorschein kamen – das eckige bärtige Gesicht, die lange Nase und der Mund, die drohenden Brauen, die wie aus Eisen gegossen wirkten, die darunterliegenden Augen, die in die Seele zu schauen schienen. Die Augen fixierten den alten Mann und hielten ihn fest.

»Ich brauche dich«, glaubte der Alte zu hören. Fast wie ein Flüstern nahm er die Stimme wahr und spürte, daß Unzufriedenheit und Ungeduld von ihr ausgingen. Der Schatten teilte sich ihm nur über die Gedanken mit. Der alte Mann wich einen Augenblick zurück und wünschte, daß diese Erscheinung, die er gerufen hatte, nicht mehr da sein möge. Doch dann faßte er sich wieder und sah seiner Angst beherzt ins Auge. »Ich gehöre nicht mehr zu euch!« gab er bissig zurück, während sich seine Augen gefährlich verengten, und vergaß dabei, daß es unnötig war, laut zu sprechen. »Du kannst mir nicht befehlen!«

»Ich befehle nicht. Ich bitte. Hör mir zu. Du bist der einzige, der noch übrig ist, vielleicht so lange der einzige, bis mein Nachfolger bestimmt ist. Verstehst du?«

Der alte Mann lachte nervös. »Verstehen? Wer könnte besser verstehen als ich?«

»Ein Teil von dir wird immer das bleiben, was du früher nie in Frage gestellt hättest. Der Zauber bleibt ein Teil von dir. Immer. Hilf mir. Ich schicke die Träume, aber die Shannara-Kinder antworten nicht. Es muß sie jemand aufsuchen und mit ihnen sprechen, damit sie verstehen. Du.«

»Nein, nicht ich! Ich lebe schon seit Jahren nicht mehr bei den

Rassen, und ich möchte nichts mit ihren Schwierigkeiten zu tun haben!« Der alte Mann richtete sich auf und runzelte die Stirn. »Ich habe mich schon vor langer Zeit von diesem Unsinn freigemacht.«

Der Schatten schien in die Höhe zu schweben und vor seinen Augen plötzlich größer zu werden, und auch er fühlte, wie sich sein Körper vom Boden abhob. Er schwang sich empor, hinein in die Nacht. Er wehrte sich nicht, nahm jedoch all seinen Willen zusammen, obwohl er spürte, wie der Zorn des anderen gleich einem schwarzen Fluß durch ihn hindurchströmte. Die Stimme des Schattens erinnerte an den Klang von Knochen, die zermahlen werden.

»Sieh hin!«

Die Vier Länder erschienen vor seinen Augen. Wie ein Gemälde breiteten sich Wiesen, Berge, Hügel, Seen, Wälder und Flüsse vor ihm aus, im Sonnenlicht farbig leuchtende Flecken der Erde. Er hielt den Atem an, als er das Bild so deutlich und aus so großer Höhe sah, obwohl er wußte, daß alles nur eine Vision war. Aber das Sonnenlicht begann fast augenblicklich zu schwinden, die Farben zu verblassen. Dunkelheit umfing ihn, Dunkelheit, in die sich düsterer grauer Nebel und schwefelhaltige Asche mischten, die aus ausgebrannten Kratern aufstieg. Das Land verlor seine Eigenart und wurde öd und leer. Er spürte, wie er sich darauf zubewegte; nur mit Widerwillen näherte er sich diesem Anblick und Geruch. Menschliche Wesen zogen in Scharen durch dieses verwüstete Land, mehr Tier als Mensch. Sie zerrten und rissen aneinander, sie schrien und kreischten. Dunkle Gestalten huschten um sie herum, körperlose Schatten mit Augen aus Feuer. Die Schatten bewegten sich zwischen den menschlichen Wesen, berührten sie, wurden eins mit ihnen und verließen sie wieder. Sie bewegten sich in einer Art Tanz, der zugleich gespenstisch und doch zielgerichtet war. Er sah, daß die Schatten die Menschen verschlangen. Die Menschen dienten ihnen als Nahrung.

»Sieh hin!«

Die Vision veränderte sich. Er sah sich selbst, einen abgemagerten, in Lumpen gekleideten Bettler vor einem Kessel voll seltsamen weißen Feuers, das blubberte und wirbelte und seinen Namen flüsterte. Nebel stiegen aus dem Kessel auf und bahnten sich ihren Weg zu ihm herunter, umhüllten ihn, liebkosten ihn, als wäre er ihr Kind. Schatten huschten um ihn herum, zogen zuerst an ihm vorbei, dann drangen sie in ihn ein wie in eine leere Hülle, in der es ihnen zu spielen beliebte. Er fühlte ihre Berührung; er wollte schreien.

»Sieh hin!«

Wieder veränderte sich die Vision. Sie offenbarte ihm ein riesiges Waldstück, in dessen Mitte sich ein hoher Berg erhob. Auf der Spitze des Berges ruhte ein Schloß, alt und verwittert, Türme und Mauern ragten in das Dunkel hinein. Paranor, dachte er. Paranor ist wieder da! Er spürte etwas Heiteres und Hoffnungsvolles in sich aufsteigen und wollte seine Freude hinausschreien. Aber schon schlangen sich die Nebel um das Schloß. Die Schatten huschten ganz nahe vorbei. Die uralte Festung begann zu bröckeln und zu zerfallen, die Mauern und der Mörtel brachen wie unter einem Schraubstock. Die Erde erzitterte, und Schreie erhoben sich von den Menschen, die zu Tieren wurden. Feuer trat aus der Erde und spaltete den Berg, auf dem Paranor ruhte, zerstörte schließlich das Schloß selbst. Wehklagen erfüllte die Luft, es war der Schrei eines seiner letzten Hoffnung Beraubten. Der alte Mann erkannte, daß es sein eigenes Wehklagen war, das er hörte.

Dann sah er nichts mehr. Er befand sich wieder vor dem Hadeshorn, im Schatten der Drachenzähne, ganz allein mit Allanon. Trotz der Erleichterung zitterte er.

Der Schatten deutete auf ihn. »All das, was du gesehen hast, wird Wirklichkeit, sollten die Träume keine Beachtung finden. So wird es sein, wenn du nicht handelst. Du mußt helfen. Such sie auf – den Jungen, das Mädchen und den Dunklen Onkel. Erzähl ihnen, daß die Träume wahr sind. Bitte sie, mich in der ersten Nacht des neuen Mondes, wenn der Mondzyklus geschlossen ist, hier aufzusuchen. Dann werde ich mit ihnen sprechen.«

Der alte Mann zog die Stirn in Falten und murmelte vor sich hin, während sich seine Unterlippe sorgenvoll nach vorne schob. Seine Finger zogen noch einmal die Beutelschnur fest, bevor er den Beutel zurück in seinen Gürtel steckte. »Ich werde es tun, weil kein anderer dafür in Frage kommt«, sagte er schließlich und versuchte gar nicht, seinen Widerwillen zu verbergen. »Aber erwarte nicht...«

»Such sie nur auf. Das ist alles, was ich verlange. Das ist alles, worum ich dich bitte. Geh jetzt!«

Der Schatten Allanons schimmerte hell und verschwand. Das Licht verschwand, und das Tal war wieder leer. Der alte Mann stand da und blickte auf das ruhige Wasser des Sees, bevor er sich abwandte.

Als er zurückkehrte, brannte das Feuer, das er verlassen hatte, immer noch, doch es war jetzt weit heruntergebrannt und hob sich nur schwach gegen die Dunkelheit ab. Der alte Mann starrte gedankenverloren in die Flammen, um sich dann vor ihnen niederzukauern. Während er in der Asche herumstocherte, lauschte er der Stille seiner Gedanken.

Der Junge, das Mädchen und der Dunkle Onkel – er kannte sie. Sie, die Kinder von Shannara, konnten alle retten, sie konnten den Zauber wieder zum Leben erwecken. Er schüttelte sein ergrautes Haupt. Wie sollte es ihm gelingen, sie zu überzeugen? Wenn sie nicht einmal auf Allanon hörten, warum sollten sie dann auf ihn hören?

Noch einmal sah er im Geist die schrecklichen Visionen. Er wußte, daß er gut daran tat, einen Weg zu finden, um sich ihnen begreiflich zu machen. Er kannte ja die Kraft der Visionen – und dieses Wissen erfüllte ihn mit Stolz –, und die, die er gesehen hatte, entsprachen der Wahrheit, die sogar einer wie er, der den Druiden und ihrem Zauber abgeschworen hatte, erkennen konnte.

Falls die Kinder von Shannara nicht begriffen, würden diese Visionen Wirklichkeit werden.

## 2

Par Ohmsford stand in der hinteren Tür des Bierhauses und starrte auf die dunkle schmale Straße zwischen den angrenzenden Häusern hinaus, die sich irgendwann in den flackernden Lichtern von Varfleet verlief. Das Bierhaus war ein langgestrecktes baufälliges altes Gebäude mit verwitterten Bretterwänden und Dachschindeln und sah im wahrsten Sinne des Wortes aus, als hätte es irgendwann einmal jemandem als Stall gedient. Im oberen Stockwerk über dem Schankraum und den hinteren Lagerräumen befanden sich die Schlafzimmer. Das Gebäude selbst stand auf einem Hügel am westlichen Rand der Stadt am Ende einer Reihe von Häusern, die alle zusammen in Hufeisenform angeordnet waren.

Par atmete tief die Nachtluft ein und genoß den Duft, den sie verströmte. Gerüche der Stadt, Gerüche des Lebens, Fleisch- und Gemüseeintöpfe mit den verschiedensten Gewürzen, stark riechende Schnäpse und herbe Biere, wohlriechende Düfte, Lederwerk, glühendes Eisen, das über glimmenden Kohlen geschmiedet wurde, der Schweiß von Tieren und Menschen, die auf engem Raum zusammen waren, der Geruch von Stein und Holz und Staub, der sich vermischte und gelegentlich einzeln wahrzunehmen war – er kannte sie alle. Am unteren Ende der Gasse, hinter den mit Brettern vernagelten und beschmierten Rückseiten der Läden, fiel der Hügel zur Mitte der Stadt hin ab. Die Stadt, die bei Tage nichts weiter war als eine häßliche und farblose Ansammlung von Gebäuden, ein Labyrinth von steinernen Mauern und Straßen, hölzernen Verschlägen und teergeschwärzten Dächern, zeigte bei Nacht ein anderes Gesicht. Die Gebäude verloren in der Dunkelheit ihre Umrisse. Tausende von Lichtern erhellten die Stadt und erstreckten sich wie ein riesiger Schwarm von Leuchtkäfern, so weit das Auge reichte. Sie übersäten die unsichtbare Landschaft und flackerten in der Finsternis, während sie auf ihrem Weg nach Süden goldene Spuren auf der flüssigen Haut des Mermidon hinterließen. Dann war Varfleet wunderschön, aus dem Aschenputtel war wie durch Zauberhand eine Prinzessin geworden.

Par freute sich an dem Gedanken, daß die Stadt von einem Zauber umgeben war. Er liebte die Stadt sowieso, liebte sie, wie sie sich vor ihm erstreckte, liebte die Menschen und Dinge, die miteinander verschmolzen, liebte das pulsierende Leben. All das ließ sich in keiner Weise mit Shady Vale, dem von Wald umgebenen Dorf, in dem er aufgewachsen war, vergleichen. Die Reinheit der Bäume und Flüsse, die Einsamkeit, das Gefühl der Sorglosigkeit, von der das Leben im Tal erfüllt war, gab es hier nicht. Die Stadt wußte nichts von jenem Leben und hätte sich auch nicht das Geringste daraus gemacht. Par machte sich darüber jedoch keine Sorgen. Er liebte die Stadt bedingungslos. Und schließlich gab es keine Anzeichen dafür, daß er sich zwischen den beiden entscheiden mußte. Es gab keinen Grund, warum er sich nicht an beiden erfreuen sollte.

Coll war natürlich anderer Meinung. Coll sah die Dinge ganz

anders. In seinen Augen war Varfleet nichts weiter als eine gesetzlose Stadt am Rande der Föderationsherrschaft, ein Räubernest, ein Ort, an dem jeder nach seinen eigenen Gesetzen lebte. Für ihn gab es in ganz Callahorn, um nicht zu sagen im ganzen Südland, keinen schrecklicheren Ort als diesen. Coll haßte die Stadt.

Aus der Dunkelheit hinter ihm drangen Stimmen und der Klang klirrender Gläser, die Geräusche des Bierhauses, die durch eine offene Tür kurz zu hören waren, um dann, als die Tür wieder geschlossen wurde, zu verstummen. Par drehte sich um. Sein Bruder bewegte sich vorsichtig den Gang hinunter, sein Gesicht war in der Dunkelheit kaum auszumachen.

»Es ist fast Zeit«, sagte Coll, als er seinen Bruder erreichte.

Par nickte. Er wirkte klein und schmächtig im Vergleich mit Coll, einem großen, starken jungen Mann mit derben Zügen und gelblichen Haaren. Keiner, der sie nicht kannte, hätte sie für Brüder gehalten. Coll war ein typischer Mann aus dem Tal, gebräunt und derb, mit riesigen Händen und Füßen. Die Füße waren immer wieder Anlaß für Witze. Par verglich sie gern mit Entenfüßen. Er selbst war schmächtig und hellhäutig, seine Züge erinnerten, angefangen von seinen spitzen Ohren und Brauen bis hin zu seinen hohen, schmalen Backenknochen, unmißverständlich an einen Elfen. Es hatte eine Zeit gegeben, in der es in der Familie beinahe kein Elfenblut mehr gab, und zwar deshalb, weil die Ohmsfords generationenlang immer im Tal gelebt hatten. Dann aber, vor vier Generationen (das wußte er von seinem Vater), war sein Ururgroßvater in das Westland zu den Elfen zurückgekehrt, hatte ein Elfenmädchen geheiratet, und die beiden hatten einen Sohn und eine Tochter bekommen. Der Sohn hatte wiederum ein Elfenmädchen geheiratet, und dann waren die beiden, die Pars Urgroßeltern sein sollten, aus unerfindlichen Gründen ins Tal zurückgekehrt und brachten auf diese Weise neues Elfenblut in die Ohmsford-Familie. Sogar damals war das unterschiedliche Erbe in vielen Familienmitgliedern nicht zu erkennen; Coll und seine Eltern Jaralan und Mirianna waren die besten Beweise dafür. In Par dagegen hatte sich das Elfenblut vom ersten Tag an gezeigt.

Bedauerlicherweise war es jedoch nicht unbedingt wünschenswert, auf diese Weise erkannt zu werden. In Varfleet verbarg Par seine Merkmale, indem er seine Brauen zupfte, sein Haar lang trug, um seine Ohren zu verdecken, und seinem Gesicht mit Tönungscreme ein dunkleres Aussehen verlieh. Es blieb ihm keine andere Wahl. In diesen Tagen wäre es unklug gewesen, die Aufmerksamkeit auf sein Elfenerbe zu lenken.

»Sie hat sich heute abend ganz besonders hübsch zurechtgemacht, meinst du nicht auch?« sagte Coll, während sein Blick zu der Stadt hinschweifte. »Schwarzer Samt und Glitzer, und jedes Härchen an seinem Platz. Kluges Mädchen, diese Stadt. Und selbst den Himmel hat sie zum Freund.«

Par lächelte. Mein Bruder, der Dichter. Es war eine klare Nacht, die kleine Mondsichel und die Sterne erhellten den Himmel mit ihrem Glanz. »Schon möglich, daß du sie mit der Zeit mögen würdest, wenn du ihr nur eine kleine Chance geben wolltest.«

»Ich?« schnaubte Coll. »Sehr unwahrscheinlich. Ich bin hier, weil du hier bist. Ich würde keine Minute länger bleiben, wenn ich nicht müßte.«

»Wenn du wolltest, könntest du gehen.«

Coll sträubte sich. »Laß uns nicht wieder davon anfangen, Par. Wir haben das doch schon so oft durchgesprochen. Du warst derjenige, der in die Städte im Norden kommen wollte. Mir hat die Idee schon damals nicht gefallen, und sie gefällt mir jetzt keinen Deut besser. Aber das ändert nichts an der Tatsache, daß wir, du und ich, uns entschieden haben, die Sache gemeinsam durchzustehen. Ich wäre ein schöner Bruder, wenn ich dich hier zurückließe und jetzt zum Tal zurückkehrte! Außerdem glaube ich nicht, daß du ohne mich hier zurechtkämst.«

»Schon gut, schon gut, ich wollte ja nur…«, warf Par ein.

»…versuchen, dir einen kleinen Spaß auf meine Kosten zu erlauben!« beendete Coll erregt. »Du hast das in letzter Zeit mehr als einmal versucht. Es scheint dir zu gefallen.«

»Das stimmt nicht.«

Coll ging nicht darauf ein, sondern starrte in die Dunkelheit hinaus.

»Ich würde mir nie erlauben, jemanden mit Entenfüßen auf den Arm zu nehmen.«

Coll mußte wider Willen grinsen. »Das sind ja schöne Worte aus dem Mund eines kleinen Burschen mit spitzen Ohren. Du solltest dankbar sein, daß ich mich entschlossen habe, zu bleiben und mich um dich zu kümmern!«

Par stieß ihn an, und beide mußten lachen. Dann wurden sie ganz still und lauschten auf Geräusche, die aus dem Bierhaus und den dahinterliegenden Straßen zu ihnen drangen. Par seufzte. Die warme, schläfrige Sommernacht ließ die kalten, ungemütlichen Tage der vergangenen Wochen wie einen Traum erscheinen. In solchen Nächten verflogen die Sorgen, und Träume erwachten zu neuem Leben.

»Es geht das Gerücht um, daß Sucher in der Stadt sind«, teilte Coll ihm plötzlich mit und machte damit seiner zufriedenen Stimmung ein Ende.

»Das ist doch nichts Neues«, antwortete er.

»An Gerüchten ist oft was Wahres. Man sagt, daß sie sich alle, die etwas mit Zauberei zu tun haben, schnappen und die Bierhäuser schließen wollen.« Coll schaute ihn eindringlich an. »Sucher, Par. Nicht einfache Soldaten. Sucher.«

Par wußte Bescheid. Sucher – so nannte man die Geheimpolizei der Föderation, die Vollzugsbeamten des gesetzgebenden Koalitionsrates. Er war im Bilde.

Coll und er waren vor zwei Wochen in Varfleet eingetroffen. Sie hatten die Vertrautheit und den Schutz ihres Elternhauses verlassen und waren zunächst ins Grenzland von Callahorn gekommen. Sie hatten sich auf den Weg gemacht, weil Par es so beschlossen hatte, weil er die Zeit für gekommen hielt, ihre Geschichten anderswo zu erzählen, und weil er glaubte, daß es notwendig war, dafür zu sorgen, daß auch andere, außerhalb des Tals, davon erfuhren. Sie wählten Varfleet, weil Varfleet eine offene Stadt ohne Föderationsherrschaft war, ein Paradies für Gesetzlose und Flüchtlinge, aber auch für neue Ideen, ein Ort, wo die Menschen immer noch offen waren, ein Ort, wo Zauber immer noch geduldet, wo sogar damit kokettiert wurde. Er besaß den Zauber, und mit Colls Hilfe war er in der Lage, die anderen daran teilhaben zu lassen. Es gab bereits genügend andere, die mit Zauberei experimentierten, aber sein Zauber war von anderer Art. Sein Zauber war echt.

Sie stießen bereits am Tag ihrer Ankunft auf das Bierhaus, eines der größten und bekanntesten der Stadt. Par überredete den Besitzer schon beim ersten Gespräch dazu, sie anzustellen. Schließlich konnte er mit Hilfe des Wunschlieds jeden dazu bringen, so gut wie alles zu tun.

»Echter Zauber.« Dabei bewegte er die Lippen, ohne daß ein Laut aus seinem Mund drang.

Viel echter Zauber war in den Vier Ländern nicht übriggeblieben, wenigstens nicht außerhalb der abgeschiedenen Gebiete, wohin die Föderation ihre Herrschaft noch nicht ausgedehnt hatte. Das Wunschlied war alles, was den Ohmsfords geblieben war. Seit zehn Generationen war es von einer zur anderen weitergegeben worden, wobei freilich nicht alle Mitglieder der Familie mit dieser Gabe gesegnet waren, die ihre Träger scheinbar ganz nach Lust und Laune bestimmte und erwählte. Coll beherrschte das Wunschlied nicht. Auch seine Eltern nicht. In der Tat hatte niemand in der Familie diese Gabe besessen, seit seine Urgroßeltern aus dem Westland zurückgekehrt waren. Er dagegen beherrschte das Wunschlied seit dem Tag seiner Geburt, den gleichen Zauber, den es seit dreihundert Jahren gab, seit den Tagen seines Vorfahren Jair. Die Geschichten und Legenden hatten davon berichtet. Wünsche und singe. Er war in der Lage, seinen Zuhörern Bilder vor Augen zu führen, die so lebendig waren, daß sie wirklich erschienen. Er konnte das Nichts in Materie verwandeln.

Und genau das hatte ihn nach Varfleet getrieben. Seit drei Jahrhunderten waren die Geschichten vom Elfenhaus von Shannara von einer Generation zur nächsten weitergegeben worden. In Wirklichkeit jedoch hatte alles schon viel früher angefangen, als die Geschichten sich noch nicht um die Zauberkraft drehten, weil noch niemand davon wußte, sondern um die alte Welt vor ihrer Zerstörung durch die Großen Kriege; die Geschichtenerzähler waren die wenigen, die die furchtbare Katastrophe überlebt hatten. Jair war der erste, der das Wunschlied gebrauchte, um den Bildern, die er durch seine Worte heraufbeschwor, mehr Eindringlichkeit zu verleihen und sie im Geiste seiner Zuhörer lebendig werden zu lassen. Die Geschichten berichteten von vergangenen Tagen: vom Elfenhaus von Shannara, von den Druiden und ihrer Burg Paranor, von Elfen und Zwergen und von der Magie, die ihr Leben beherrschte. Es wurden Geschichten erzählt von Shea Ohmsford und seinem Bruder Flick und ihrer Suche nach dem Schwert von Shannara, von Wil Ohmsford und der schönen Elfentochter Amberle und ihrem Kampf gegen die Dämonenhorden, von Jair Ohmsford und seiner Schwester Brin und ihrer Reise in die Festung Graumark, ihrem Zusammentreffen mit den Mordgeistern und dem Ildatch, von den Druiden

Allanon und Bremen, vom Elfenkönig Eventine Elessedil, von Kriegern wie Balinor Buckhannah und Stee Jans und von vielen anderen Helden. Diejenigen, die das Wunschlied beherrschten, machten sich seine Zauberkräfte zunutze. Die anderen verließen sich lediglich auf Worte. Ohmsfords wurden geboren und starben, und viele von ihnen trugen die Geschichten in ferne Länder. Doch seit drei Generationen hatte keiner aus der Familie die Geschichten außerhalb des Tals erzählt. Niemand wollte das Risiko auf sich nehmen, entdeckt zu werden.

Denn das Risiko war groß. Die Ausübung jedweder Zauberei war in den Vier Ländern durch Gesetz verboten – oder zumindest dort, wo die Föderation herrschte, was praktisch das Gleiche war. Seit hundert Jahren war es so. Während der ganzen Zeit hatte kein einziger Ohmsford das Tal verlassen. Par war der erste. Er war es leid gewesen, denselben wenigen Zuhörern immer und immer wieder die gleichen Geschichten zu erzählen. Es war notwendig, daß auch andere die Geschichten zu hören bekamen, daß sie die Wahrheit erfuhren über die Druiden und ihre Zauberkräfte, über den Kampf, der der Zeit, in der sie jetzt lebten, vorausgegangen war. Die Berufung, die er spürte, war stärker als die Angst vor Entdeckung. Er traf seine Entscheidung trotz der Einwände seiner Eltern und Colls. Schließlich entschied sich Coll, mit ihm zu gehen – so wie er es schon immer getan hatte, wenn er das Gefühl gehabt hatte, daß Par seine Hilfe brauchte. Varfleet sollte ihre erste Station werden, eine Stadt, in der Zauberei bis zu einem gewissen Grad immer noch ausgeübt wurde, ein offenes Geheimnis sozusagen, das ein Eingreifen der Föderation geradezu herausforderte. Doch die Zauberei, die man in Varfleet antraf, war nicht wert, daß man viel Aufhebens davon machte. Callahorn stand unter der Schutzherrschaft der Föderation, und Varfleet war so weit entfernt, daß man es fast zu den freien Gebieten zählen konnte. Es waren noch keine Truppen dort stationiert. Die Föderation hatte es bisher nicht für nötig befunden, sich damit eingehender zu beschäftigen.

Aber Sucher? Par schüttelte den Kopf. Sucher standen auf einem ganz anderen Blatt. Sucher tauchten nur dort auf, wo von seiten der Föderation die ernsthafte Absicht bestand, der Ausübung von Zauberei Einhalt zu gebieten. Keiner wollte auch nur das Geringste mit ihnen zu tun haben.

»Für uns wird es hier allmählich gefährlich«, sagte Coll, als hätte er Pars Gedanken gelesen. »Man wird uns entdecken.«

Par schüttelte den Kopf. »Wir sind nur zwei von Hunderten, die sich in dieser Kunst üben«, antwortete er. »Nur zwei in einer riesengroßen Stadt.«

Coll heftete seinen Blick auf ihn. »Zwei von Hunderten, da hast du recht. Aber die einzigen mit echter Zauberei.«

Par gab seinen Blick zurück. Ihre Auftritte im Bierhaus brachten ihnen viel Geld ein, mehr als sie jemals zuvor zu Gesicht bekommen hatten. Sie brauchten das Geld, um die Steuern zu bezahlen, die von der Föderation erhoben wurden. Sie brauchten es für ihre Familie und das Tal. Es paßte Par gar nicht, daß er aufgrund eines Gerüchtes darauf verzichten sollte.

Sein Mund verhärtete sich. Es paßte ihm noch weniger, wenn er daran dachte, daß dann die Geschichten ins Tal zurückkehren und dort im Verborgenen bleiben würden und daß diejenigen, die ihrer bedurften, sie nie zu hören bekommen sollten. Das hätte bedeutet, daß das Ausmaß der Unterdrückung von Gedanken und Gebräuchen, die die Vier Länder wie ein Schraubstock umklammerte, noch größer werden würde.

»Wir müssen gehen«, sagte Coll und unterbrach ihn in seinen Gedanken.

Par spürte einen Anflug von Zorn in sich aufsteigen, erkannte jedoch, daß sein Bruder nicht die Stadt meinte, die sie verlassen sollten, sondern daß sie auf die Bühne gehen sollten. Die Zuschauermenge würde sie bereits erwarten. Er spürte, wie sein Zorn einem Gefühl von Traurigkeit wich.

»Ich wünschte, wir lebten in einer anderen Zeit«, sagte er leise. Er hielt inne, während er beobachtete, wie Coll plötzlich angespannt wirkte. »Ich wünschte, es gäbe wieder Elfen und Druiden. Und Helden. Ach, gäbe es doch wieder Helden – wenigstens einen.« Er hielt inne, weil er plötzlich an etwas anderes denken mußte.

Coll löste sich vom Türpfosten, legte seine große Hand auf die Schulter seines Bruders, drehte ihn herum und schob ihn den dunklen Gang hinunter. »Wenn du weiterhin davon singst, wer weiß? Vielleicht wird es dann möglich.«

Par ließ es zu, daß er geführt wurde wie ein kleines Kind. Er dachte bereits nicht mehr an Helden oder Elfen oder Druiden, nicht einmal an Sucher. Er dachte an die Träume.

Sie erzählten die Geschichte der Elfen am Halysjoch, wie Eventine Elessedil und die Elfen und Stee Jans und die Freitruppen die Rampen gegen den Ansturm der Dämonenhorden verteidigten. Die Geschichte war eine von Pars Lieblingsgeschichten, die erste aus der Reihe der großen Elfenschlachten im schrecklichen Westlandkrieg. Sie standen auf einer niedrigen Bühne an einem Ende des Schankraums. Par stand vorne und Coll einen Schritt hinter ihm auf der Seite. Der Raum voll Leibern mit erwartungsvollen Augen war nur schwach beleuchtet. Coll war der Erzähler, während Par dazu sang, um die entsprechenden Bilder entstehen zu lassen, Bilder, die durch den Zauber seiner Stimme lebendig wurden. In hundert oder noch mehr Menschen weckte er die Gefühle von Angst, Wut und Entschlossenheit, die die Verteidiger des Jochs erfüllt hatten. Durch ihn spürten sie die ungestüme Raserei der Dämonen und hörten ihr Kampfgeschrei. Sie standen den Dämonen von Angesicht zu Angesicht gegenüber.

Er zog sie in seinen Bann und hielt sie gefangen. Sie sahen, wie Eventine verwundet wurde und wie sein Sohn Andor die Herrschaft über die Elfen antrat. Sie beobachteten, wie der Druide Allanon im Grunde genommen der Kraft der Dämonen allein gegenüberstand und sie vernichtete. Sie erlebten Leben und Tod so hautnah, daß es fast beängstigend war.

Als Coll und er ihren Vortrag beendeten, herrschte atemlose Stille im Raum, bevor ein lautes Zuprosten mit Biergläsern anhob und Hochrufe und Schreie der Erleichterung den Raum erfüllten. Par war schweißgebadet und erkannte zum ersten Mal, wie sehr er sich durch seine Erzählung verausgabte. Als sie die Bühne verließen, um sich in die kurze Pause zu begeben, die ihnen zwischen ihren Auftritten gewährt wurde, schien er jedoch auf seltsame Weise abwesend; er konnte nicht aufhören, an seine Träume zu denken.

Coll holte sich aus einem der offenen Lagerräume ein Glas Bier, und Par ging ein kurzes Stück den Gang hinunter, bevor er bei der Kellertür auf ein aufgerichtetes leeres Faß stieß. Plötzlich sank er erschöpft in sich zusammen.

Seit einem Monat hatte er immer wieder die gleichen Träume, und er konnte sich den Grund immer noch nicht erklären.

Er träumte sie mit einer Regelmäßigkeit, die äußerst beunruhigend war. Den Anfang bildete immer eine schwarzgekleidete Gestalt, die aus einem See aufstieg, eine Gestalt, die sehr wohl Allanon sein konnte, ein See, der sehr wohl das Hadeshorn sein konnte. Die Bilder in seinen Träumen waren verschwommen, die Visionen waren von unerklärlichem Inhalt, aufgrund dessen sie nur schwer zu deuten waren. Jedesmal sprach die Gestalt zu ihm, und jedesmal mit den gleichen Worten. »Komm zu mir; du wirst gebraucht. Die Vier Länder befinden sich in größter Gefahr; die Zauberkraft ist fast verloren. Komm jetzt, Kind von Shannara.«

Die Träume waren damit nicht zu Ende, obwohl der Rest jedesmal anders war. Manchmal sah er Bilder einer Welt, die wie ein furchtbarer Alptraum erschien. Dann wieder waren es Bilder von magischen Zeichen – das Schwert von Shannara und die Elfensteine. Manchmal galt der Ruf ebenso Wren, der kleinen Wren, und manchmal seinem Onkel Walker Boh. Auch sie sollten kommen, denn auch sie wurden gebraucht.

Nach dem ersten Traum hatte er entschieden, daß die Träume nur ein Nebenprodukt seiner fortwährenden Beschäftigung mit dem Wunschlied sein konnten. Er sang die alten Geschichten vom Dämonen-Lord und den Schädelträgern, von Dämonen und Mordgeistern, von Allanon und einer Welt, die vom Unheil bedroht war, und es war nur natürlich, daß ein Teil dieser Geschichten und die heraufbeschworenen Bilder sich in seinen Träumen widerspiegelten. Er hatte versucht, die Wirkung dadurch zu schwächen, daß er das Wunschlied nur bei fröhlichen Geschichten einsetzte, aber auch das hatte nicht geholfen. Er träumte die Träume auch weiterhin. Er hatte es unterlassen, Coll davon zu erzählen, denn dieser hätte sie nur als einen weiteren Grund angeführt, warum er der Zauberkraft des Wunschlieds entsagen und ins Tal zurückkehren sollte.

Und dann, vor drei Nächten, hatten die Träume so plötzlich aufgehört, wie sie begonnen hatten. Jetzt war er neugierig. Er fragte sich, ob er vielleicht ihren Ursprung falsch gedeutet hatte. Er zog die Möglichkeit in Betracht, daß der Anlaß vielleicht nicht in ihm selbst zu suchen war, sondern sie vielmehr geschickt wurden.

Aber wer hätte sie schicken können?

Allanon? Wirklich Allanon, der seit dreihundert Jahren tot war?

Jemand anderes? Etwas anderes? Etwas, das seine eigenen Ziele verfolgte und es alles andere als gut mit ihm meinte?

Er erschauerte, verbannte jedoch die Gedanken aus seinem Kopf und ging schnell den Gang wieder hinauf, um nach Coll zu sehen.

Zu ihrem zweiten Auftritt waren noch mehr Menschen gekommen, von denen einige nur stehend Platz fanden. Das Bierhaus war groß; der vordere Schankraum war mehr als dreißig Meter lang und nach oben zu den Dachbalken hin offen, an denen Fischnetze gespannt und Öllampen befestigt waren, offensichtlich, um eine intime Atmosphäre zu verbreiten. Mehr Nähe hätte Par kaum ertragen können, so nah waren ihm die Kunden des Bierhauses, als sie dichtgedrängt um die Bühne herumstanden und sich einige sogar mit ihren Getränken darauf niederließen. Diese Zuschauermenge war anders als die erste, doch er wußte beim besten Willen keinen Grund dafür. Diese Menschen wirkten einfach anders, so, als wäre etwas Fremdes unter ihnen. Coll schien es auch zu spüren. Er warf Par vielsagende Blicke zu, als sie sich auf ihren Auftritt vorbereiteten, und in seinen dunklen Augen lag ein Unbehagen.

Ein großer, in einen dunklen Umhang gehüllter Mann mit schwarzem Bart bahnte sich seinen Weg durch die Menge zur Bühne und drängte sich zwischen zwei andere Männer. Die beiden schauten auf, als hätten sie die Absicht, eine Bemerkung zu machen, doch ein Blick auf das Gesicht des anderen belehrte sie offensichtlich eines Besseren. Par beobachtete die Szene einen Augenblick und schaute dann weg. Er hatte ein ungutes Gefühl.

Coll beugte sich vor, als die Menge in einem gleichmäßigen Rhythmus zu klatschen anfing. Die Menschen wurden ungeduldig. »Par, mir gefällt das nicht. Ich habe das Gefühl, daß...«

Er kam nicht dazu, seinen Satz zu beenden. Der Besitzer des Bierhauses kam auf sie zu und forderte sie unmißverständlich auf anzufangen, bevor die Menge außer sich geriet und gewalttätig wurde. Coll drehte sich wortlos um. Die Lichter wurden schwächer, und Par fing an zu singen. Er sang die Geschichte von Allanon und dem Kampf mit den Jachyra. Col begann zu sprechen, beschrieb den Schauplatz und die Ereignisse, erzählte denen, die zusammengekommen waren, was für ein Tag es war, wie die Schlucht aussah, in die der Druide mit Brin Ohmsford und Rone Leah kam, erzählte, wie es um sie herum plötzlich totenstill war. Par ließ die entsprechenden Bilder vor ihren Augen entstehen, er rief in ihnen ein Gefühl der Angst und Erwartung hervor und wehrte sich vergebens gegen die in ihm aufsteigenden gleichen Gefühle.

Ganz hinten im Raum stellten sich Männer vor Türen und Fenster, warfen ebenso plötzlich ihre Mäntel ab und standen schwarzgekleidet im Raum. Waffen blitzten auf. Sie trugen eine Art weißer Abzeichen auf Ärmeln und Brust. Par blickte angestrengt, seine Elfensinne aufs äußerste geschärft.

Ein Wolfskopf.

Die schwarzgekleideten Männer waren Sucher.

Par verstummte, die Bilder verblaßten und verloren ihre Wirkung. Ein Geraune ging durch die Menge. Coll hörte auf zu erzählen. Plötzlich herrschte überall Aufruhr. Irgend jemand befand sich im Dunkeln hinter ihnen.

Coll stellte sich schützend neben Par.

Dann wurde es wieder hell im Raum, und eine Abteilung der schwarzgewandeten Sucher drang durch die Menge. Protestschreie erhoben sich, doch die Männer, die gemurrt hatten, machten schnell den Weg frei. Der Besitzer des Bierhauses, der dazwischenzutreten suchte, wurde beiseite geschoben.

Die Abteilung der Sucher kam vor der Bühne zum Stehen. Eine andere versperrte die Ausgänge. Die Männer waren von Kopf bis Fuß schwarz gekleidet, ihre Gesichter bis auf ihren Mund verdeckt, ihre Wolfskopfabzeichen geradezu leuchtend.

Sie waren bewaffnet mit kurzen Schwertern, Dolchen und Knüppeln und hielten alle Waffen griffbereit. Par und Coll hatten es mit einem bunt zusammengewürfelten Haufen zu tun; es waren große und kleine Männer, aufrechte und gebeugte, aber alle machten aufgrund ihres Aussehens und des Ausdrucks ihrer Augen einen verwegenen und wilden Eindruck.

Ihr Anführer war ein Riese mit einem massigen Körper und enorm langen Armen. Der Teil seines Gesichts, der von der Maske nicht verdeckt wurde, war zerfurcht und sein Kinn von einem ungepflegten, rötlichen Halbbart bedeckt. Sein linker Arm steckte bis zum Ellbogen in einem Handschuh. »Eure Namen?« fragte er. Er sprach leise, beinahe flüsternd.

Par zögerte. »Was wirft man uns vor?«

»Heißt ihr Ohmsford?« Sein Gegenüber betrachtete ihn eindringlich.

Par nickte. »Ja. Aber wir haben nicht...«

»Ihr steht unter Arrest, weil ihr gegen das oberste Gesetz der Föderation verstoßen habt«, verkündete die leise Stimme. Ein Murmeln ging durch die Reihen der Anwesenden. »Ihr habt Zauberei getrieben, obwohl...«

»Sie haben nur Geschichten erzählt«, rief ein Mann aus einiger Entfernung. Einer der Sucher ließ augenblicklich seinen Knüppel auf ihn niedersausen, und der Mann stürzte wie ein Sack zu Boden.

»Ihr habt Zauberei getrieben und damit die Föderationsgesetze verletzt und die Öffentlichkeit gefährdet.« Der Sprecher bedachte den auf dem Boden liegenden Mann mit keinem einzigen Blick. »Man wird euch...«

Er konnte den Satz nicht zu Ende führen. Plötzlich krachte von der Mitte der Decke eine Öllampe auf den Boden des überfüllten Bierhauses; das Öl ging augenblicklich in Flammen auf. Männer sprangen schreiend zur Seite. Der Sprecher und seine

Kumpane drehten sich staunend um. Im gleichen Augenblick machte der große, bärtige Mann, der sich am Rande der Bühne niedergelassen hatte, einen Satz, hechtete über mehrere verwunderte Anwesende hinweg, prallte auf den Haufen von Suchern und schleuderte sie zu Boden. Der große Mann sprang vor Par und Coll auf die Bühne, warf seinen schäbigen Umhang ab und stand als grüngewandeter, bewaffneter Jäger vor ihnen.

»Hoch lebe die Freiheit!« rief er in das allgemeine Durcheinander.

Danach schien alles gleichzeitig zu geschehen. Das Netz, das zur Zierde an der Decke hing, lockerte sich, fiel wie die Öllampe zu Boden, und plötzlich waren alle Anwesenden darin gefangen. Diejenigen, die in der Falle saßen, stießen Schreie und Flüche aus. An den Türen stürzten sich grüngekleidete Männer auf die verdutzten Sucher und schlugen sie zu Boden. Öllampen wurden zertrümmert, und Dunkelheit senkte sich über den Raum.

Der große Mann bewegte sich mit einer Geschwindigkeit an Par und Coll vorbei, die sie nicht für möglich gehalten hätten. Er traf den ersten der Sucher, der den Hintereingang versperrte, mit einem Fußtritt, so daß der Kopf des Mannes nach hinten flog. Dann blitzten ein kurzes Schwert und ein Dolch, und die anderen beiden sanken ebenfalls zu Boden.

»Hierher, schnell!« rief er Par und Coll zu.

Sie folgten seinem Ruf sofort. Eine dunkle Gestalt krallte sich an ihnen fest, als sie vorbeigingen, aber Coll schüttelte den Mann ab. Er griff hinter sich, um sich zu vergewissern, daß sein Bruder dicht bei ihm war; seine große Hand legte sich schwer auf Pars zarte Schulter. Par schrie gequält auf. Coll dachte meist nicht daran, wie stark er war.

Sie verließen die Bühne und erreichten den hinteren Gang, wobei der große Fremde ihnen immer einige Schritte voraus war. Irgend jemand versuchte sie aufzuhalten, aber der Fremde schritt über ihn hinweg. Das Getöse, das aus dem Raum hinter ihnen drang, war ohrenbetäubend, und Flammen züngelten überall, leckten gierig am Boden und an den Wänden. Der Fremde führte sie schnell den Gang hinunter und durch die Hintertür in eine Seitengasse. Dort wurden sie von zwei weiteren grüngekleideten Männern erwartet. Wortlos umringten sie die Brüder und drängten sie vom Bierhaus weg. Par warf einen Blick zurück. Die Flammen schlugen bereits aus den Fenstern und bahnten sich ihren Weg hinauf zum Dach.

Sie eilten die Seitenstraße hinunter, vorbei an verwunderten Gesichtern und weit aufgerissenen Augen, bogen in einen Durchgang ein, von dem Par geschworen hätte, daß er ihn noch nie gesehen hatte, obwohl er die Gegend genau kannte, gingen durch zahllose Türen und Zimmer und standen schließlich auf einer vollkommen anderen Straße. Keiner sprach. Der Fremde bedeutete seinen Gefährten, Ausschau zu halten, und zog Par und Coll in einen dunklen Hauseingang.

Vom Laufen waren sie alle außer Atem. Der Fremde blickte abwechselnd von einem zum anderen. »Man sagt, etwas Bewegung sei gut für die Verdauung. Was meint ihr? Seid ihr in Ordnung?«

Die Brüder nickten. »Wer bist du?« fragte Par.

»Junge, ich gehöre sozusagen zur Familie. Erkennst du mich nicht? Ich glaube nicht. Warum solltest du auch? Schließlich haben wir beide uns nie kennengelernt. Aber die Lieder sollten dich daran erinnern.« Er ballte die linke Hand zur Faust und zielte dann auf Pars Nase. »Erinnerst du dich jetzt?«

Verwirrt blickte Par zu Coll, aber sein Bruder schien genauso verwirrt zu sein wie er. »Ich glaube nicht...«, setzte er an.

»Ja, ja, es spielt jetzt keine Rolle. Alles zu seiner Zeit.« Er rückte näher. »In dieser Gegend bist du nicht mehr sicher, mein Junge. Ganz sicher nicht in Varfleet und höchstwahrscheinlich nicht in ganz Callahorn. Vielleicht nirgendwo. Weißt du, wer dieser Mann dort war? Der Häßliche mit der Flüsterstimme?«

Par versuchte den massigen Sprecher mit der leisen Stimme einzuordnen. Es gelang ihm nicht. Er schüttelte langsam den Kopf.

»Felsen-Dall«, sagte der Fremde, der jetzt sehr ernst schien. »Erster Sucher, der oberste Säuberer höchstpersönlich. Sitzt im Koalitionsrat, wenn er nicht gerade Ungeziefer zerquetscht. Aber an dir hat er ein besonderes Interesse, wenn er bis nach Varfleet gekommen ist, um dich festzunehmen. Das gehört nicht zur normalen Ungeziefervertilgung. Er ist auf der Jagd nach einem größeren Tier. Er glaubt, daß du gefährlich bist, mein Junge – sehr gefährlich sogar, denn sonst hätte er sich nicht auf den weiten Weg gemacht. Bloß gut, daß ich dich gesucht habe. Ja, das habe ich wirklich. Habe gehört, daß Felsen-Dall hinter dir her war, und wollte verhindern, daß er dich kriegt. Aber denk dran, daß er nicht aufgeben wird. Du bist ihm einmal entwischt, doch das wird ihn in seinem Vorhaben nur bestärken. Er wird auch weiterhin hinter dir her sein.«

Er hielt inne und beobachtete die Wirkung seiner Worte. Par starrte ihn mit offenem Mund an. Der Fremde fuhr fort: »Dieser Zauber, dein Singen, das ist echter Zauber, stimmt's? Ich hab' genug von der anderen Sorte gesehen, um das beurteilen zu können. Du könntest diesen Zauber für einen guten Zweck verwenden, mein Junge, vorausgesetzt natürlich, daß du das willst. In diesen Bierhäusern und Hinterhöfen vergeudest du ihn nur.«

»Was meinst du damit?« fragte Coll, in dem plötzlich ein Verdacht aufstieg.

Der Fremde lächelte freundlich. »Die Bewegung braucht solchen Zauber«, sagte er leise.

Coll schnaubte. »Du bist ein Geächteter!«

Der Fremde machte eine kurze Verbeugung. »Ja, mein Junge,

und ich bin stolz darauf. Wichtiger ist jedoch, daß ich als freier Mann geboren wurde und mich keinen Föderationsgesetzen unterordne.« Er kam näher. »Du selbst willst dich doch auch nicht unterordnen, stimmt's? Gib es zu.«

»Kaum«, antwortete Coll abwehrend. »Die Frage ist jedoch, ob die Geächteten so viel besser sind.«

»Harte Worte, mein Junge!« rief der andere aus. »Bloß gut, daß ich nicht so leicht zu verletzen bin.« Er lächelte verschmitzt.

»Was willst du von mir?« unterbrach ihn Par schnell, dessen Verstand langsam wieder funktionierte. Er hatte an Felsen-Dall gedacht. Er kannte seinen Ruf, und die Aussicht, von ihm gejagt zu werden, flößte ihm Angst ein. »Du willst, daß wir uns mit euch zusammentun, nicht wahr?«

Der Fremde nickte. »Ich glaube, ihr würdet bald sehen, daß es sich lohnt.«

Aber Par schüttelte den Kopf. Daß sie die Hilfe des Fremden angenommen hatten, um den Klauen der Sucher zu entkommen, war eine Sache. Aber die Bewegung, der sie beitreten sollten, war etwas ganz anderes. Das wollte wohl überlegt sein. »Ich glaube, wir müssen das Angebot für heute ablehnen«, sagte er ruhig. »Vorausgesetzt natürlich, wir können uns frei entscheiden.«

»Natürlich könnt ihr euch frei entscheiden!«

»Dann müssen wir leider nein sagen. Aber wir danken dir für das Angebot und ganz besonders für deine Hilfe da drin.«

Der Fremde, wieder voller Ernst, ließ seinen Blick kurz auf ihm ruhen. »Das habe ich gern getan, glaub mir. Ich wünsche dir nur das Beste, Par Ohmsford. Hier, ich hab' etwas für dich.« Er zog einen Ring vom Finger, der in Silber gefaßt war und das Zeichen eines Falken trug. »Meine Freunde kennen den Ring. Wenn du Hilfe brauchst – oder falls du deine Meinung ändern solltest –, geh damit zur Kiltan-Schmiede am Nordrand der Stadt und frag nach dem Bogenschützen. Kannst du dir das merken?«

Par zögerte, nahm jedoch den Ring und nickte. »Aber warum...?«

»Weil uns viel verbindet, mein Junge«, sagte der andere leise, der eine solche Frage erwartet hatte. Er streckte eine Hand aus und legte sie auf seine Schulter. Er sah dabei auch Coll an. »Die Vergangenheit verbindet uns, und damit ein Band, das so stark ist, daß es von mir fordert, für euch da zu sein, wann immer ich kann. Mehr noch, es fordert, daß wir gemeinsam gegen die Gefahren, die diesem Land drohen, kämpfen. Vergeßt das nicht. Eines Tages, da bin ich sicher, wird es so weit sein – wenn es uns gelingt, so lange am Leben zu bleiben.«

Er lächelte die Brüder an. Sie erwiderten seinen Blick schweigend. Der Fremde zog seine Hand zurück. »Es wird Zeit, daß wir gehen. Und zwar möglichst schnell. Die Straßen verlaufen alle zum Fluß hin. Ihr könnt von hier aus hingehen, wohin ihr wollt. Aber nehmt euch in Acht. Und seid auf der Hut. Die Sache ist noch nicht ausgestanden.«

»Ich weiß«, sagte Par und streckte seine Hand aus. »Willst du uns wirklich nicht deinen Namen nennen?«

Der Fremde zögerte. »Ein andermal«, sagte er. Er schüttelte Par und dann Coll kräftig die Hand, bevor er seine Gefährten durch einen Pfiff zu sich rief. Er winkte einmal, und schon war er wie ein Schatten verschwunden.

Par starrte sekundenlang auf den Ring und richtete dann seinen Blick fragend auf Coll. Irgendwo ganz in der Nähe hörten sie lauter werdende Rufe.

»Ich glaube, die Frage wird warten müssen«, sagte Coll.

Par steckte den Ring in seine Tasche. Leise verschwanden sie in der Nacht.

# 3

Es war beinahe Mitternacht, als Par und Coll das Hafenviertel von Varfleet erreichten, und zum ersten Mal bemerkten sie, wie wenig sie darauf vorbereitet waren, Felsen-Dall und seinen Suchern zu entkommen. Da keiner von beiden irgendwann daran gedacht hatte, daß eine Flucht notwendig werden würde, hatten sie nichts bei sich, das ihnen auf einer längeren Reise hätte von Nutzen sein können. Sie hatten keinen Proviant, keine Decken, keine Waffen, mit Ausnahme ihrer langen Messer, nichts, womit sie ein Lager hätten errichten können, nichts, um sich vor schlechtem Wetter zu schützen, und was am allerschlimmsten war, sie hatten kein Geld. Der Besitzer des Bierhauses war ihnen einen Monat lang ihr Geld schuldig geblieben. Und das Geld, das sie sich vorher gespart hatten, war mit allen anderen Besitztümern im Feuer verlorengegangen. Sie besaßen lediglich das, was sie auf dem Leib trugen.

Das Hafenviertel bestand aus unzähligen Bootshäusern, Stegen, Reparaturwerkstätten und Lagerschuppen. Das ganze Viertel war hell beleuchtet, Hafenarbeiter und Fischer tranken und scherzten im Schein der Öllampen. Aus schmiedeeisernen Öfen und Fässern stieg Qualm auf, und die Luft war erfüllt von Fischgeruch.

»Vielleicht haben sie die Suche für heute nacht eingestellt«, bemerkte Par. »Ich meine die Sucher. Vielleicht nehmen sie sie erst morgen früh wieder auf – oder vielleicht auch nie.«

Coll warf ihm einen Blick zu und zog vielsagend eine Augenbraue hoch. »Vielleicht können Kühe auch fliegen.« Er schaute weg. »Wir hätten darauf bestehen sollen, daß man uns für unsere Arbeit sofort bezahlt. Dann wären wir jetzt nicht in der Klemme.«

Par zuckte die Schultern. »Das würde uns jetzt auch nichts nützen.«

»Nichts nützen? Wir hätten wenigstens etwas Geld.«

»Aber auch nur dann, wenn wir es während der Vorstellung bei uns getragen hätten. Hältst du das etwa für wahrscheinlich?«

Coll hob die Schultern und verzog das Gesicht. »Dieser Bierhausbesitzer schuldet uns was.«

Sie gingen schweigend bis zum Südende des Hafens. Wortlos sahen sie einander an. Es war kühler geworden, und ihre leichte Kleidung bot keinen Schutz gegen die Kälte. Sie zitterten und vergruben die Hände tief in den Taschen, die Arme dicht an ihre Körper gepreßt. Lästige Insekten umschwirrten sie.

Coll seufzte. »Hast du eine Ahnung, was wir jetzt machen sollen, Par? Hast du dir schon was überlegt?«

Par nahm die Hände aus den Taschen und rieb sie kräftig aneinander. »Ja, das habe ich. Aber dazu brauchen wir ein Boot.«

»Du willst also nach Süden – auf dem Mermidon?«

»Bis ans Ende.«

Coll lächelte, weil er fälschlicherweise annahm, daß sie sich auf dem Weg nach Hause befanden. Par hielt es für besser, ihn in dem Glauben zu lassen.

»Warte hier«, sagte Coll plötzlich und verschwand, noch bevor Par irgend etwas einwenden konnte.

Par stand allein in der Dunkelheit am Ende des Hafens. Es kam ihm vor, als warte er mindestens eine Stunde, aber in Wirklichkeit wartete er höchstens halb so lange. Er setzte sich auf eine Bank vor einer Fischerhütte und zog die Beine bis zum Kinn hoch, um sich vor der Nachtluft zu schützen. Alle möglichen Gedanken gingen ihm durch den Kopf. Er war wütend, am meisten auf den Fremden, der sie zuerst wie durch Zauberhand befreit hatte, um sie dann zu verlassen. Er streckte die Beine aus und schlug einen Fuß über den anderen. Er wußte, daß er jetzt nichts mehr ändern konnte. Coll und er würden einfach noch einmal von vorne anfangen müssen. Aufgeben kam für ihn überhaupt nicht in Frage. Dazu waren die Geschichten einfach zu wichtig, und er hielt es für seine Pflicht, dafür zu sorgen, daß sie nicht vergessen wurden. Er war überzeugt, daß er diese Gabe eigens zu diesem Zweck besaß. Es spielte überhaupt keine Rolle, wie die Föderation darüber dachte – daß Zauberei verboten war und daß sie dem Land und den Menschen Schaden zufügte. Was wußte die Föderation schon von Zauberei? Den Mitgliedern des Koalitionsrates fehlte es an jeglicher praktischen Erfahrung. Sie hatten einfach beschlossen, daß etwas getan werden mußte, um diejenigen zufriedenzustellen, die behaupteten, die Vier Länder litten an Krankheiten und Menschen würden wie in Jair Ohmsfords Zeiten in dunkle Wesen verwandelt, in eine Art niederer Lebewesen, Wesen, die ihre Kraft aus der Dunkelheit und aus Zauberkräften schöpften, die seit der Zeit der Druiden verloren schienen. Diese Wesen hatten sogar einen Namen. Man nannte sie Schattenwesen.

Plötzlich drängte sich Par wieder der unangenehme Gedanke an die Träume auf und an das Dunkle in ihnen, das ihn gerufen hatte.

Er bemerkte, daß die Stimmen der Fischer und Hafenarbeiter, das Surren der Insekten, ja selbst das Rascheln des Nachtwindes verstummt waren. Er konnte seinen eigenen Pulsschlag hören und zudem ein eigenartiges Flüstern…

Im nächsten Augenblick schreckte er durch ein plätscherndes Geräusch aus seinen Gedanken auf. Coll, der einige Schritte entfernt das Ufer des Mermidon erklommen hatte, kam jetzt prustend auf ihn zu. Er war vollkommen nackt.

Par faßte sich langsam wieder und starrte ihn ungläubig an. »Himmel, du hast mich vielleicht erschreckt! Was hast du denn getrieben?«

»Was glaubst du wohl?« Coll grinste. »Ich war schwimmen.«

Erst als Par nachfragte, erfuhr er, was Coll wirklich getrieben hatte; er hatte sich kurzerhand ein Fischerboot, das dem Besitzer des Bierhauses gehörte, ausgeliehen.

»Das ist das Mindeste, was er für uns tun kann, nach all dem, was er an uns verdient hat«, brachte er zu seiner Rechtfertigung vor, während er sich abtrocknete und anzog.

Par hatte dem nichts entgegenzusetzen. Sie brauchten ein Boot notwendiger als der Bierhausbesitzer. Das Runnegebirge zu Fuß zu erreichen war ein Unterfangen, das mehr als eine Woche gedauert hätte. Eine Fahrt auf dem Mermidon dagegen würde höchstens ein paar Tage dauern. Und letztendlich konnte man nicht behaupten, daß sie das Boot gestohlen hatten. Sie würden es zurückbringen, sobald sie dazu in der Lage waren.

Das Boot war ziemlich klein, doch es war nebst Rudern, einigen Decken und einer Zeltplane mit allem ausgerüstet, was sie brauchten, um zu fischen, zu kochen und ein Lager zu errichten. Nachdem sie ins Boot geklettert waren, stießen sie vom Ufer ab und ließen sich von der Strömung den Fluß hinuntertreiben.

Irgendwann teilte Coll Par mit, wie sie seiner Meinung nach am besten weiter vorgingen. Es war natürlich unmöglich, in absehbarer Zeit nach Callahorn zurückzukehren. Die Föderation würde nach ihnen suchen. Es würde auch zu gefährlich sein, sich einer der größeren Städte im Südland zu nähern, weil auch die dort stationierten Truppen der Föderation in Alarmbereitschaft sein würden. Seiner Meinung nach war es am besten, wenn sie einfach ins Tal zurückkehrten. Dort konnten sie ihre Geschichten auch weiterhin erzählen – vielleicht nicht sofort, aber vielleicht in einem Monat, wenn die Föderation die Suche nach ihnen aufgegeben hatte. Später konnten sie dann in die abgelegeneren Gebiete gehen, an Orte, in die die Föderation nur selten ihren Fuß setzte. Es würde sich alles zum Guten wenden.

Par ließ ihn reden.

Bei Sonnenaufgang legten sie an einem felsigen Ufer an und errichteten in einer schattigen Waldlichtung ihr Lager. Sie schliefen bis Mittag und aßen danach die Fische, die sie gefangen hatten. Am frühen Nachmittag machten sie sich wieder auf den Weg und ließen sich bis spät nach Sonnenuntergang auf dem Fluß treiben. Wieder legten sie an und bereiteten ein Lager. Als es zu regnen anfing, zogen sie sich die Decken fest um die Schultern und beobachteten schweigend, wie der Regen den Fluß anschwellen ließ.

Danach unterhielten sie sich eine Zeitlang darüber, wie sich seit den Tagen von Jair Ohmsford die Dinge in den Vier Ländern verändert hatten.

Vor dreihundert Jahren herrschte die Föderation, die damals eine Isolationspolitik verfolgte, nur in den Städten ganz unten im Südland. Der Koalitionsrat, der sich aus Männern zusammensetzte, die von den Städten als Vertreter ihrer Regierungen entsandt wurden, hatte schon damals die Führerschaft inne. Aber dann übernahm anstelle des Rates allmählich die Armee der Föderation die Herrschaft, und mit der Zeit wurde die Isolationspolitik zugunsten einer Expansionspolitik aufgegeben. Die Föderation beschloß, ihren Machtbereich auszudehnen. Es schien nur logisch, daß das ganze Südland unter einer Regierung vereinigt sein sollte, und wer wäre dazu besser in der Lage gewesen als die Föderation?

So hatte alles angefangen. Hundert Jahre nach dem Tod von Jair Ohmsford war das Gebiet südlich von Callahorn ganz unter der Herrschaft der Föderation. Die anderen Rassen, die Elfen, die Trolle, die Zwerge und sogar die Gnome, warfen mißtrauische Blicke nach Süden. Nach nicht allzu langer Zeit willigte Callahorn ein, sich unter die Schutzherrschaft der Föderation zu stellen; der Teil des Landes, dessen König längst tot, dessen

Städte entzweit waren, diente den anderen Ländern nun nicht mehr länger als Schutzwall gegen die Föderation.

Ungefähr zur gleichen Zeit tauchten zum ersten Mal Gerüchte über die Schattenwesen auf. Man sprach davon, daß die alte Magie Unrecht sei, eine Magie, die in der Erde ihren Ursprung hatte. Sie zeigte sich auf vielerlei Weise; manchmal war sie nichts weiter als ein kalter Wind, ein andermal erschien sie als verschwommene menschliche Gestalt. Man sprach in jedem Fall von Schattenwesen. Die Schattenwesen machten das Land und das Leben im Land krank, verwandelten Teile davon in einen Sumpf von Verfall und Zerstörung. Sie griffen sterbliche Wesen an, gleich, ob Mensch oder Tier, und nahmen, wenn sie sie ausreichend geschwächt hatten, von ihnen Besitz, drangen in ihre Körper ein und lebten darin gleich verborgenen Geistern. Das Leben anderer diente ihnen als Nahrung.

Die Föderation schenkte diesen Gerüchten Glauben und verkündete, daß solche Wesen möglicherweise tatsächlich existierten und daß nur sie die Menschen davor zu schützen vermöge.

Niemand wagte sich dieser Meinung zu widersetzen und zu behaupten, daß die Magie vielleicht doch nicht im Unrecht war oder daß die Schattenwesen die Probleme heraufbeschworen. Es war sehr viel einfacher, sich der herrschenden Meinung anzuschließen. Schließlich hatte es seit dem Untergang der Druiden keine Magie mehr gegeben. Natürlich erzählten die Ohmsfords ihre Geschichten, aber nur wenige Menschen hörten sie, und noch weniger schenkten ihnen Glauben. Die meisten hielten die Druiden lediglich für eine Legende. Als Callahorn sich unter die Schutzherrschaft der Föderation stellte und die Stadt Tyrsis besetzt wurde, verschwand auch das Schwert von Shannara. Niemand machte sich deswegen große Gedanken. Seit mehr als zweihundert Jahren war das Schwert nicht mehr gesehen worden. Nur der Kuppelbau im Zentrum des Volksparks, in dem das

Schwert einst in einem Block aus rotem Marmor aufbewahrt wurde, war noch da – doch eines Tages war auch er verschwunden.

Die Elfensteine verschwanden kurz danach ebenfalls. Es gab keine Aufzeichnungen darüber, was mit ihnen geschehen war. Selbst die Ohmsfords wußten nichts.

Dann verschwanden auch die Elfen, ganze Stämme und Städte auf einmal, bis irgendwann auch Arborlon nicht mehr war. Schließlich gab es überhaupt keine Elfen mehr, und es war, als hätte es sie nie gegeben. Das Westland war mit Ausnahme von wenigen Jägern und Trappern aus den anderen Ländern und umherziehenden Fahrenden unbewohnt. Die Fahrenden, die an keinem anderen Ort willkommen waren, waren schon immer dort gewesen, aber selbst sie wollten nichts über den Verbleib der Elfen wissen. Die Föderation machte sich diese Lage unverzüglich zunutze. Das Westland, so erklärte sie, war die Brutstätte der Magie, der Wurzeln allen Übels in den Vier Ländern. Schließlich waren es die Elfen gewesen, die sich der Magie bedient hatten. Die Magie hatte sie schließlich vernichtet – eine anschauliche Lektion für all diejenigen, die Ähnliches versuchten.

Die Föderation unterstrich diesen Punkt, indem sie die Ausübung von Magie jedweder Art verbot. Das Westland wurde zum Schutzgebiet erklärt, obgleich nicht besetzt, denn es mangelte der Föderation an Soldaten, um dieses riesige Gebiet ohne Hilfe zu überwachen.

Kurz danach erklärte die Föderation den Zwergen den Krieg, angeblich deshalb, weil die Zwerge den Krieg provoziert hätten, obwohl niemand je erfuhr, auf welche Weise dies geschehen war. Die Föderation hatte damals die größte und bestausgebildete Armee der Vier Länder; die Zwerge hatten überhaupt kein stehendes Heer. Auch die Elfen waren nicht mehr wie in früheren Jahren Verbündete der Zwerge, und die Gnomen und Trolle waren noch nie ihre Freunde gewesen. Die Zwerge kannten sich im bergigen Ostland sehr viel besser aus als die Föderation, und obwohl Culhaven fast unverzüglich in die Hände der Föderation fiel, kämpften die Zwerge im Hochland weiter, bis sie schließlich ausgehungert wurden und sich unterwerfen mußten. Sie wurden aus den Bergen in die Minen der Föderation im Süden geschleppt. Die meisten starben dort. Die Gnome, die mitansehen mußten, was den Zwergen widerfuhr, leisteten kaum Widerstand. Die Föderation erklärte auch das Ostland zum Schutzgebiet.

Nur vereinzelt konnten sich Widerstandsnester halten. Es gab immer noch eine Handvoll Zwerge und verstreute Gnomenstämme, die sich weigerten, die Föderationsgesetze anzuerkennen und die deshalb den Kampf aus den wilden Gebieten im Norden und Osten weiterführten. Aber es waren ihrer zu wenige, als daß sie wirklich hätten etwas ausrichten können.

Um die Einheit des größten Teils der Vier Länder zu demonstrieren und all die zu ehren, die daran mitgewirkt hatten, ließ die Föderation am Nordende des Regenbogensees, dort wo der Mermidon aus dem Runnegebirge tritt, ein Denkmal errichten. Das Denkmal, ein schwarzer Granitstein, der sich auf einem riesigen quadratischen Sockel nach oben hin verschmälerte und über dreißig Meter hoch über die Klippen ragte, war ein Turm, der nach allen Seiten hin meilenweit zu sehen war. Er trug den Namen Südwache.

All das lag fast hundert Jahre zurück, und jetzt waren die Trolle die einzigen freien Menschen, die sich immer noch tief in den Bergen des Nordlandes, im Charnalgebirge und im Kershalt verschanzt hatten. Die Föderation wollte mit diesem gefährlichen, feindlichen Land, dieser natürlichen Festung, nichts zu tun haben. Man beschloß, dieses Gebiet in Frieden zu lassen, vorausgesetzt, die Trolle würden sich von anderen Ländern fernhalten.

Die Trolle, die schon immer zurückgezogen gelebt hatten, gehorchten gern.

»Jetzt ist alles so anders«, schloß Par sehnsüchtig, als sie am Lager saßen und beobachteten, wie der Regen auf das Wasser niederprasselte. »Keine Druiden mehr, kein Paranor, keine Magie – mit Ausnahme der unechten und dem wenigen, was wir wissen. Keine Elfen. Was, glaubst du, ist mit ihnen geschehen?« Aber auch Coll wußte nichts zu sagen. »Keine Königreiche, keine Freitruppen, kein Callahorn, gar nichts.«

»Keine Freiheit«, endete Coll finster.

»Keine Freiheit«, wiederholte Par. Er lehnte sich zurück und zog die Beine bis zur Brust an. »Ich wünschte, ich wüßte, was mit den Elfensteinen geschehen ist. Und dem Schwert. Was ist mit dem Schwert von Shannara geschehen?«

Coll zuckte die Schultern. »Das Gleiche, was mit allen Dingen irgendwann geschieht. Es ging einfach verloren.«

»Was willst du damit sagen? Wie kann es einfach verloren gehen?«

»Niemand hat sich darum gekümmert.«

Par ließ sich diesen Gedanken durch den Kopf gehen. Es war etwas Wahres dran. Niemand kümmerte sich mehr um die Magie, nachdem Allanon tot und die Druiden verschwunden waren. Die Magie wurde einfach totgeschwiegen, ein Überbleibsel aus einer anderen Zeit, das gefürchtet und zum großen Teil mißverstanden wurde. Es war einfacher, so zu tun, als gäbe es sie nicht, und genau das taten alle. Auch die Ohmsfords – denn andernfalls hätten sich die Elfensteine noch in ihrem Besitz befunden. Alles, was sie an Zauberkraft besaßen, war das Wunschlied.

»Wir kennen die Geschichten, die Sagen, die uns davon erzählen, wie es einmal war; wir kennen die Geschichte, und doch wissen wir im Grunde genommen gar nichts«, sagte Par leise.

»Wir wissen, daß die Föderation nicht will, daß wir darüber

sprechen«, meinte Coll abschließend. »Wenigstens das wissen wir.«

»Es gibt Zeiten, in denen ich mich frage, welchen Unterschied das schon macht.« Pars Gesicht verzog sich zu einer Grimasse. »Es ist doch so, daß die Menschen uns zwar zuhören, aber wer erinnert sich anderntags noch daran? Und selbst wenn sie sich erinnern? Für sie ist das, was wir erzählen, Geschichte und für manche wahrscheinlich nicht einmal das. Manche halten es wahrscheinlich für Legenden und Mythen, für einen Haufen Unsinn.«

»Aber nicht alle«, erwiderte Coll ruhig.

»Was nützt schon das Wunschlied, wenn unsere Geschichten doch nichts bewirken? Vielleicht hatte der Fremde ja recht. Vielleicht gibt es eine bessere Verwendung für die Zauberkraft.«

Als sie plötzlich ein Geräusch im Fluß vernahmen, drehten sich beide um. Aber sie hörten nur das Schäumen des durch den Regen angeschwollenen Flusses und sonst nichts.

»Alles scheint sinnlos«, sagte Par. »Was glaubst du, Coll? Man hat uns wie Geächtete aus Varfleet hinausgetrieben, hat uns gezwungen, dieses Boot zu stehlen.« Er hielt inne und schaute seinen Bruder an. »Warum, glaubst du, verfügen wir immer noch über Zauberkräfte?«

Coll wandte sein eckiges Gesicht Par zu. »Was meinst du damit?«

»Warum haben wir sie? Warum sind sie nicht mit allem anderen verschwunden? Glaubst du, es gibt einen Grund dafür?«

Beide schwiegen geraume Zeit. »Ich weiß nicht«, meinte Coll endlich. Er zögerte. »Ich weiß nicht, wie es ist, wenn man Zauberkräfte besitzt.«

Par starrte ihn an, und als er plötzlich begriff, was er da gefragt hatte, schämte er sich seiner Frage.

»Nicht daß ich sie wirklich haben wollte, verstehst du«, fuhr

Coll eilig fort, als er das Unbehagen seines Bruders bemerkte. »Einer von uns mit Zauberkräften reicht vollkommen.« Er grinste.

Par grinste zurück. »Ich glaube, du hast recht.« Er blickte Coll dankbar an und gähnte. »Möchtest du dich schlafen legen?«

Coll schüttelte den Kopf und trat in den Schatten zurück. »Nein, ich möchte gerne noch weiterreden. Diese Nacht ist zum Reden da.«

Dennoch verfiel er in Schweigen, so als hätte er trotz allem nichts zu sagen. Par ließ seinen Blick auf ihm ruhen, bevor beide wieder auf den Mermidon hinaussahen und beobachteten, wie ein riesiger Ast eines Baumes, der offensichtlich vom Sturm abgebrochen worden war, vorbeitrieb. Der Wind, der zuerst stürmisch geweht hatte, hatte sich gelegt, der Regen verursachte, während er durch die Bäume auf den Boden tropfte, ein gleichmäßiges, wohltuendes Geräusch.

Par ertappte sich dabei, wie er an den Fremden dachte, der sie vor den Suchern der Föderation gerettet hatte. Den größten Teil des Tages hatte er damit zugebracht, sich über die Identität des Mannes klar zu werden, doch er hatte immer noch nicht die leiseste Ahnung, wer der Mann war. Trotzdem kam er ihm irgendwie vertraut vor. Er erinnerte ihn an jemand aus den Geschichten, die er erzählte, aber er konnte sich nicht entscheiden, an wen genau. Es gab so viele Sagen, und so viele handelten von Männern wie ihm, von Helden in den Tagen der Magie, von Helden, die Par in der jetzigen Zeit vermißte. Vielleicht hatte Par sich geirrt. Der Fremde im Bierhaus schien gewillt, es mit der Föderation aufzunehmen. Vielleicht bestand doch noch Hoffnung für die Vier Länder.

Par beugte sich vor, legte Holzscheite in das kleine Feuer nach und sah zu, wie der Rauch aufstieg. Plötzlich wurde der Himmel im Osten von einem Blitz erhellt.

»Wir könnten jetzt ganz gut trockene Sachen gebrauchen«, murmelte Par. »Meine sind allein schon von der Luft feucht.«

Coll nickte. »Und vielleicht auch eine heiße Suppe und Brot.«

»Ein Bad und ein warmes Bett.«

»Vielleicht den Duft von frischen Kräutern.«

»Und Rosenwasser.«

Coll seufzte. »Ich wäre schon zufrieden, wenn dieser verflixte Regen ein Ende nähme.« Sein Blick schweifte in die Nacht hinaus. »Ich glaube, in einer Nacht wie heute könnte ich fast an Schattenwesen glauben.«

Ganz unvermittelt beschloß Par, Coll von seinen Träumen zu erzählen. Er wollte darüber sprechen und sah jetzt keinen Grund mehr, es nicht zu tun. Er überlegte kurz, dann sagte er: »Ich habe dir bis jetzt nichts davon erzählt, aber ich habe diese Träume. Eigentlich ist es immer der gleiche Traum, den ich träume.« In kurzen Worten beschrieb er ihn, wobei er im besonderen auf die dunkelgekleidete Gestalt, die jedesmal zu ihm sprach, einging. »Ich sehe ihn jedoch nicht deutlich genug, um mit Sicherheit sagen zu können, wer es ist«, erklärte er vorsichtig. »Aber es könnte sich um Allanon handeln.«

Coll zuckte die Achseln. »Es könnte aber auch jemand anderes sein. Es ist ein Traum, Par. Träume sind immer ein Rätsel.«

»Aber ich habe diesen Traum jetzt schon ein dutzendmal, vielleicht sogar zwei dutzendmal geträumt. Zuerst habe ich angenommen, daß er irgendwie mit der Magie zusammenhängt, aber...« Par biß sich auf die Lippen. »Was ist, wenn...« Er hielt wieder inne.

»Was ist, wenn was?«

»Was ist, wenn es nicht nur mit der Magie zusammenhängt? Was ist, wenn Allanon oder jemand anders versucht, mir durch den Traum eine Botschaft zu schicken?«

»Eine Botschaft wozu? Vielleicht um dich dazu zu bringen,

zum Hadeshorn zu gehen oder zu einem anderen ähnlich gefährlichen Ort?« Coll schüttelte den Kopf. »Ich würde mir darüber an deiner Stelle nicht den Kopf zerbrechen. Und ich würde ganz sicherlich keinen Gedanken an eine solche Aufforderung verschwenden.« Er runzelte die Stirn. »Du doch auch nicht, oder etwa doch? Denkst du ernsthaft darüber nach zu gehen?«

»Nein«, antwortete Par ohne zu überlegen. Ich muß zumindest vorher darüber nachdenken, fügte er in Gedanken hinzu und war selbst überrascht über dieses Eingeständnis.

»Da fällt mir aber ein Stein vom Herzen. Wir haben auch so schon genügend Probleme, ohne daß wir uns auf die Suche nach toten Druiden begeben.« Für Coll war die Sache damit ganz offensichtlich erledigt.

Par erwiderte nichts. Jetzt wurde ihm klar, daß er tatsächlich mit dem Gedanken spielte, sich auf die Suche zu begeben. Bis jetzt hatte er nicht wirklich ernsthaft daran gedacht, doch mit einemmal hatte er das Bedürfnis herauszufinden, was die Träume bedeuteten. Es spielte keine Rolle, ob Allanon sie geschickt hatte oder nicht. Eine Stimme in seinem Inneren bedeutete ihm, daß er auf der Suche nach dem Ursprung seiner Träume gleichzeitig etwas über sich selbst und seine Zauberkräfte erfahren würde. »Ich wünschte nur, ich könnte sicher sein«, murmelte er.

Coll hatte sich in der Zwischenzeit an das Feuer gelegt, seine Augen waren geschlossen. »Sicher worüber?«

»Über die Träume«, antwortete Par. »Darüber, ob jemand sie geschickt hat oder nicht.«

Coll schnaubte. »Ich bin mir sicher, und das reicht für uns beide. Es gibt keine Druiden. Und es gibt auch keine Schattenwesen. Es gibt keine dunklen Geister, die einem durch Träume Botschaften schicken. Nur deshalb, weil du todmüde bist, träumst du dies und jenes aus den Geschichten, die du erzählst.«

Par legte sich ebenfalls hin und zog die Decke über sich. »Vielleicht hast du recht«, pflichtete er Coll bei, ohne jedoch wirklich überzeugt zu sein.

Coll drehte sich zur Seite und gähnte. »Heute nacht träumst du wahrscheinlich von Wasser und Fischen, so feucht wie es hier ist.«

Par schwieg. Er lauschte eine Zeitlang dem Regen, während sich seine Augen auf die dunkle Wand des Zeltes richteten. »Vielleicht suche ich mir meinen eigenen Traum aus«, sagte er leise. Dann war er eingeschlafen.

Er träumte tatsächlich in dieser Nacht, zum ersten Mal seit fast zwei Wochen. Er träumte den Traum, den er ersehnt hatte, den Traum von der dunkelgekleideten Gestalt, und es schien ihm, als müsse er nur die Hand ausstrecken, um sie zu berühren. Es schien, als käme sie sogleich. Als der Schlaf ihn überwältigte, trat sie aus der Tiefe seines Unterbewußtseins heraus. Ihr unerwartetes Auftreten erschreckte ihn, ohne daß er davon aufgewacht wäre. Er sah die dunkle Gestalt, die sich aus dem See erhob, sah, wie sie auf ihn zukam, verschwommen und gesichtslos und so bedrohlich, daß er geflohen wäre, wäre er dazu imstande gewesen. Aber der Traum beherrschte ihn und hielt ihn in seinem Bann. Die dunkle Gestalt näherte sich ihm schweigend, ohne zu sprechen.

Dicht vor ihm blieb sie stehen, ein Wesen, das alles und jedes hätte sein können, gut oder böse, Leben oder Tod.

Sprich zu mir, dachte er voller Angst.

Aber die Gestalt stand einfach nur da, eingehüllt in Schatten, schweigend und bewegungslos. Sie schien auf etwas zu warten.

Dann machte Par einen Schritt nach vorne und zog, erfüllt von einer inneren Kraft, die ihm bisher verborgen geblieben war, die schwarze Kapuze zurück, die den anderen verhüllte. Er zog die Kapuze zurück, und er erkannte das zum Vorschein kommende

Gesicht augenblicklich. Er hatte tausendmal davon gesungen. Es war ihm so vertraut wie das eigene.

Er sah das Gesicht Allanons.

## 4

Als Par am nächsten Morgen erwachte, beschloß er, Coll nichts von seinem Traum zu erzählen. Zum einen wußte er nicht, was er hätte sagen sollen. Er war nicht sicher, ob der Traum aus unbewußten Tiefen gekommen oder aber seinem Wunschdenken entsprungen war – und selbst dann hätte er nicht gewußt, ob es sich um einen wahren Traum handelte. Zum anderen hätte er Coll nur wieder darin bestärkt, wie töricht er, Par, doch war, wenn er weiterhin über etwas nachdachte, das er offensichtlich doch nicht tun wollte. Aber wollte er es wirklich nicht? Wenn er ehrlich war, wußte er, daß sie sich darüber streiten würden, ob es ratsam gewesen wäre, sich in das Gebiet der Drachenzähne zu wagen, um dort das Hadeshorn und einen Druiden, der bereits seit dreihundert Jahren tot war, zu suchen. Es war besser, die Sache einfach auf sich beruhen zu lassen.

Sie aßen ihr kaltes Frühstück, das aus wilden Beeren und Quellwasser bestand, und waren zufrieden, daß sie wenigstens so viel hatten. Es hatte aufgehört zu regnen, aber der Himmel war bedeckt. Aus Nordwesten erhob sich ein ziemlich starker Wind, dessen Kraft Äste umbog und Blätter wild durch die Luft fliegen ließ. Sie packten ihre Sachen zusammen, bestiegen das Boot und stießen es vom Ufer ab.

Der Mermidon war stark angeschwollen, und das Boot, das sie nach Süden brachte, wurde auf dem Wasser hin- und hergeworfen. Allerlei Treibgut schwamm auf dem Wasser, und sie hielten ihre Ruder fest in den Händen, um alle großen Stücke, die das Boot hätten beschädigen können, von ihm abzuhalten. Die in Nebel und tiefhängende Wolken gehüllten Felswände des Runnegebirges erhoben sich drohend auf der anderen Seite. Es war kalt, und die Brüder spürten, wie ihre Hände und Füße vor Kälte schnell steif wurden.

Wann immer es möglich war, gingen sie an Land und ruhten sich aus, doch auch das half nur wenig. Sie hatten nichts zu essen und, da sie keine Zeit damit zubringen wollten, ein Feuer zu machen, auch keine Möglichkeit, sich aufzuwärmen. Schon am frühen Nachmittag regnete es wieder. Der Regen ließ die Luft noch kälter werden, der Wind verstärkte sich, und es wurde immer gefährlicher, die Reise auf dem Fluß fortzusetzen. Als sie eine kleine Bucht sichteten, die durch mehrere alte Kiefern geschützt war, zogen sie das Boot unverzüglich an Land und errichteten ein Lager.

Nachdem sie ein Feuer gemacht hatten, aßen sie den Fisch, den Coll gefangen hatte. Der Wind, der in den Schluchten der Berge heulte, das Wasser, das gegen die Ufer schlug, sowie die Kälte und Unbequemlichkeit ihres Lagers ließen sie nur unruhig schlafen. In dieser Nacht träumte Par überhaupt nicht.

Der Morgen brachte endlich den lang ersehnten Wetterumschwung. Der Sturm wandte sich nach Osten, der Himmel wurde klar, und helles, warmes Sonnenlicht erfüllte den Tag. Während ihr Boot sie nach Süden trug, trockneten sie ihre Kleider, und als die Mittagssonne auf sie herabschien, streiften sie ihre Kleider und Schuhe ab.

»Alles wird besser nach einem erfrischenden Gewitter, wie man so schön sagt«, erklärte Coll zufrieden. »Du wirst sehen, Par, von jetzt an haben wir gutes Wetter. Nur noch drei Tage, und wir sind zu Hause.«

Par lächelte und schwieg.

Der Tag verging, und der Duft der Bäume und Blumen erfüllte wieder die Luft.

Sie segelten an der Südwache vorbei; der schwarze Granitstein ragte schweigend und rätselhaft aus dem Fels am Rande des Flusses in den Himmel hinein. Selbst aus der großen Entfernung wirkte der Turm bedrohlich. Es war so dunkel, daß er scheinbar alles Licht in sich aufsog. Alle möglichen Gerüchte rankten sich um die Südwache. Manche behaupteten, der Turm sei lebendig und ernähre sich von der Erde unter ihm. Andere behaupteten sogar, er bewege sich. Fast alle waren sich darin einig, daß er auf unerklärliche Weise ständig zu wachsen schien. Er machte einen verlassenen Eindruck. So war es schon immer gewesen. Man sagte, daß eine Eliteeinheit von Föderationssoldaten dort Dienst tat, aber noch keiner hatte sie zu Gesicht bekommen. Auch gut, dachte Par, als sie unbehelligt vorbeitrieben.

Am späten Nachmittag erreichten sie die Flußmündung, dort, wo sich der Fluß in den Regenbogensee ergoß. Der See breitete sich vor ihnen aus, ein riesiges, silbrig schimmerndes blaues Gewässer, das durch die Sonne, die sich dem Horizont zuneigte, am westlichen Rand golden gefärbt war. Der Regenbogen, der dem See seinen Namen gegeben hatte, spannte sich jetzt im grellen Sonnenlicht blaß von einem Ende zum anderen, das Blau und Lila fast unsichtbar, das Rot und Gelb verwaschen. Kraniche schwangen sich lautlos durch die Lüfte, ihre anmutigen Leiber zeichneten sich am Himmel ab.

Die Ohmsfords zogen ihr Boot ans Ufer und machten es im Schutz einiger schattiger Bäume fest. Sie schlugen ihr Lager auf. Coll fischte, während Par sich auf den Weg machte, um das Holz für das abendliche Lagerfeuer zu sammeln.

Par durchstreifte das Ufer eine Zeitlang in östlicher Richtung. Nach kurzer Zeit wandte er sich dem Wald zu und begann, trokkenes Holz aufzulesen. Er hatte erst wenige Schritte zurückgelegt, als er die Feuchtigkeit um sich herum spürte und den modrigen Geruch wahrnahm. Er bemerkte, daß viele Bäume morsch waren; Blätter waren welk und braun, Äste abgebrochen, Rinden abgebröckelt. Auch der Waldboden sah ungesund aus. Er kratzte mit seinem Schuh und sah sich neugierig um. Es schien, als ob es kein Leben mehr in diesem Wald gäbe, keine kleinen Tiere, die über den Boden huschten, keine Vögel, die von den Bäumen zwitscherten. Der Wald war unbelebt.

Gerade als er beschloß, seine Suche nach Feuerholz einzustellen und zum Flußufer zurückzukehren, fiel sein Blick auf das Haus. Es war eher eine Hütte, und bei genauerer Betrachtung nicht einmal das. Sie war überwuchert von Unkraut, Reben und Buschwerk. Fensterläden lagen auf dem Boden, und das Dach war eingedrückt. Die Fensterscheiben waren zerbrochen, und die Eingangstür stand offen. Die Hütte stand am Rand einer kleinen Bucht; dem abgestandenen Wasser entströmte ein ekelhafter Geruch.

Par hätte die Hütte für unbewohnt gehalten, hätte er nicht die winzigen Rauchschwaden bemerkt, die aus dem verfallenen Schornstein stiegen. Er fragte sich, wie ein Mensch in einer solchen Umgebung hausen konnte, ob die Hütte wirklich bewohnt oder der Rauch lediglich das letzte Zeichen möglicher Bewohner war. Des weiteren fragte er sich, ob der Bewohner der Hütte möglicherweise Hilfe brauchte.

Fast wollte er hingehen, aber die Hütte und ihre Umgebung waren so abschreckend, daß er es schließlich doch nicht über sich brachte. Statt dessen rief er seine Frage, ob jemand zu Hause sei, laut hinaus. Er wartete einen Augenblick, dann rief er nochmals. Als er keine Antwort erhielt, wandte er sich fast dankbar ab und setzte seinen Weg fort.

Als er zurückkehrte, wartete Coll bereits mit dem Fisch, so daß sie eilig ein Feuer anzündeten und ihre Mahlzeit zubereiteten. Beide waren des Fisches schon überdrüssig, aber er war besser als nichts, und außerdem waren sie hungriger, als sie geahnt hatten. Nachdem sie ihre Mahlzeit beendet hatten, saßen sie nebeneinander und beobachteten, wie die Sonne unterging und der See sich wieder silbrig verfärbte. Am dunkler werdenden Himmel zogen Sterne auf, und die Geräusche der Nacht erwachten aus der Stille der Dunkelheit. Die Schatten der Bäume des Waldes vereinigten sich zu dunklen Flecken, die das Tageslicht vollends verdrängten.

Par dachte gerade darüber nach, wie er Coll beibringen sollte, daß er es für besser hielt, nicht nach Hause zurückzukehren, als die Waldfrau vor ihnen auftauchte.

Sie trat aus dem Dunkel der Bäume hervor, gebückt im fahlen Licht des Feuers. Sie war in Lumpen gekleidet, und es hatte den Anschein, als wären sie in grauer Vorzeit um sie geschlungen und dort vergessen worden. Ihr Kopf war kahl, und ihr Gesicht war bedeckt mit langen, dichten, farblosen Haarbüscheln. Ihr Alter war unbestimmbar, dachte Par; sie war so runzlig, daß man es beim besten Willen nicht erraten konnte.

Sie kroch vorsichtig aus dem Wald hervor, blieb vor dem Feuer stehen und stützte sich schwer auf ihren Gehstock. Einer ihrer knochigen Arme zeigte in Richtung Par. »Hast du mich gerufen?« fragte sie mit einer Stimme, die wie morsches Holz knarrte.

Unwillkürlich mußte Par sie anstarren. Sie sah aus wie etwas, das der Erde entsprungen war, wie etwas, das kein Recht hatte, zu leben und die Erde zu betreten. Sie war über und über mit Schmutz und Unkraut behangen, das sich scheinbar auf ihr niedergelassen und Wurzeln geschlagen hatte.

»Warst du es?« wiederholte sie eindringlich.

Ihm wurde langsam klar, worauf sie anspielte. »An der Hütte? Ja, das war ich.«

Die Waldfrau lächelte, ihr Gesicht verzog sich zu einer Grimasse, ihr Mund war fast zahnlos. »Du hättest hereinkommen sollen, anstatt draußen stehenzubleiben«, sagte sie. »Die Tür war offen.«

»Ich wollte nicht...«

»Ich lasse sie immer offen, damit keiner ohne einen Willkommensgruß vorbeigeht. Auch das Feuer lasse ich immer brennen.«

»Ich habe den Rauch gesehen, aber...«

»Du hast doch Holz gesammelt, stimmt's? Ihr kommt aus Callahorn?« Ihre Augen wanderten in die Richtung, in der das Boot festgemacht war. »Seid lang unterwegs gewesen, stimmt's?« Ihr Blick richtete sich wieder auf die Brüder. »Seid vielleicht auf der Flucht?«

Par wurde mit einemmal ganz starr. Er und Coll warfen sich einen kurzen Blick zu.

Die Frau kam näher, und während sie einen Fuß vor den anderen setzte, tastete sie die Erde vor sich mit ihrem Gehstock ab. »Viele verschlägt es hierher. Kommen alle aus dem geächteten Land und sind auf der Suche nach diesem oder jenem.« Sie hielt inne. »Ihr vielleicht auch? O ja, viele möchten mit solchen wie euch nichts zu tun haben, aber ich gehöre nicht zu denen. Nein, ich bestimmt nicht!«

»Wir sind nicht auf der Flucht«, erklärte Coll plötzlich.

»Nein? Seid ihr deshalb so gut ausgerüstet?« Sie fuchtelte mit ihrem Stock in der Luft herum. »Wie heißt ihr?«

»Was willst du?« fragte Par hastig. Er fühlte sich von Minute zu Minute unwohler.

Die Waldfrau trat noch einen Schritt näher. Irgend etwas stimmte nicht mit ihr, etwas, das Par vorher nicht bemerkt hatte. Sie schien keinen festen Körper zu besitzen, sondern wie durch Rauch oder erhitzte Luft hindurch zu flimmern. Auch ihre Bewegungen waren unnatürlich, und das nicht nur aufgrund ihres

Alters. Es schien, als baumelten ihre Gelenke an einem unsichtbaren Faden, wie Marionetten, die auf Jahrmärkten gezeigt werden.

Der Geruch des sumpfigen Wassers und der zerfallenen Hütte haftete der Waldfrau selbst hier an. Sie schnupperte in der Luft. »Was rieche ich da?« Ihre Augen fixierten Par. »Riecht es hier nicht nach Magie?«

Par lief ein kalter Schauer über den Rücken. Wer immer diese Frau sein mochte, mit ihr wollten sie nichts zu tun haben.

»Magie! Ja. Rein und klar und stark wie das Leben!« Die Zunge der Waldfrau fuhr lüstern über ihre Lippen. »Und so süß wie Blut!«

Nun konnte sich Coll nicht länger zurückhalten. »Es wäre besser, wenn du dich auf den Weg dorthin machen würdest, wo du hergekommen bist«, schrie er sie an, ohne daß er versucht hätte, seinen Abscheu zu verbergen. »Du hast hier nichts zu suchen. Mach, daß du fortkommst!«

Doch die Waldfrau bewegte sich nicht von der Stelle. Ihr Gesicht verzog sich zu einer wilden Grimasse, und ihre Augen waren plötzlich so rot wie die brennenden Holzscheite. »Komm her zu mir, komm her!« zischte sie. »Komm her, mein Kleiner!« Sie zeigte auf Par. »Komm!« Sie streckte eine Hand aus.

Par und Coll traten vorsichtig einen Schritt zurück, weg vom Feuer.

Die Frau machte mehrere Schritte auf sie zu, am Feuer vorbei, und drängte sie weiter in die Dunkelheit hinein. »Mein Süßer!« murmelte sie leise vor sich hin. »Laß mich dich schmecken, Kleiner!«

Die Brüder waren nicht mehr gewillt, sich noch weiter vom Licht zu entfernen. Die Waldfrau bemerkte den entschlossenen Ausdruck in ihren Augen, und ihr Lächeln wurde boshaft. Sie kam weiter auf sie zu.

Während sie Par im Auge behielt, der versuchte, sie zu packen und ihre Arme festzuhalten, machte Coll einen Satz auf sie zu. Aber sie war viel schneller als er. Ihr Stock, der auf ihn niedersauste, traf ihn mit einer solchen Wucht an der Schläfe, daß er ohnmächtig zu Boden sank. Mit einem Heulen, das an ein tollwütiges Tier erinnerte, war sie augenblicklich über ihm.

Par stimmte das Wunschlied an, mit Hilfe dessen er eine Reihe von schrecklichen Bildern zu ihr aussandte. Überrascht wich sie zurück, versuchte jedoch, die Bilder mit ihren Händen und ihrem Stock abzuwehren. Par nutzte die Gelegenheit, sich zu Coll umzudrehen und ihm auf die Beine zu helfen. Hastig zog er seinen Bruder von seiner Angreiferin weg, die ihre Krallen jetzt in die leere Luft streckte.

Die Waldfrau hielt plötzlich inne und schien sich nicht mehr gegen die Bilder zu wehren. Das Lächeln, mit dem sie sich jetzt zu Par umdrehte, ließ ihm das Blut in den Adern gefrieren. Um ihr Angst zu machen, schickte Par ihr das Bild eines Dämons, doch diesmal griff die Frau nach dem Bild, öffnete den Mund, sog die Luft um sich herum tief ein, und das Bild löste sich in nichts auf. Die Frau leckte ihre Lippen und winselte.

Nun schickte Par ihr einen bewaffneten Krieger. Die Waldfrau verschlang ihn gierig. Sie kam wieder näher, ließ sich jetzt durch die Bilder nicht mehr aufhalten, schien sie sogar freudig zu erwarten. Es hatte den Anschein, als warte sie nur darauf, sie zu verschlingen. Par versuchte Coll zu stützen, doch sein Bruder sank immer noch benommen in seinen Armen zusammen. »Coll, wach auf!« flehte er leise.

»Komm, mein Süßer«, wiederholte die Waldfrau leise. Sie winkte und kam näher. »Komm, gib mir meine Nahrung.«

Wie aus heiterem Himmel loderte plötzlich das Feuer hoch auf und tauchte die Waldlichtung in helles Tageslicht. Die Waldfrau wich vor der Helligkeit zurück, und ihr jäher Schrei endete in einem wütenden Knurren. Par blinzelte und durchbohrte mit seinem Blick das strahlende Licht.

Ein weißhaariger, graugewandeter alter Mann, dessen braune Haut an ausgetrocknetes Holz erinnerte, trat zwischen den Bäumen hervor. Wie ein lebendig gewordener Geist tauchte er vor ihnen aus der Dunkelheit auf. Ein grimmiges Lächeln umspielte seinen Mund, und seine Augen strahlten einen unnatürlichen Glanz aus. Par drehte sich vorsichtig um, eine Hand an seinem Messer, das in seinem Gürtel steckte. Jetzt sind sie schon zu zweit, dachte er verzweifelt, und wieder schüttelte er Coll in dem verzweifelten Versuch, ihn aufzuwecken.

Aber der alte Mann schenkte ihm keine Beachtung. Seine Aufmerksamkeit galt der Waldfrau. »Ich kenne dich«, sagte er leise. »Du machst niemandem mehr Angst. Begib dich fort von hier, oder du wirst es mit mir aufnehmen müssen.«

Die Waldfrau zischte wie eine Schlange und kauerte sich wie zum Sprung bereit zusammen. Aber etwas im Gesicht des alten Mannes ließ sie innehalten.

»Geh zurück in die Dunkelheit«, flüsterte der alte Mann.

Die Waldfrau zischte ein letztes Mal, bevor sie sich umdrehte und ohne einen weiteren Laut zwischen den Bäumen verschwand. Ihr Geruch hing noch einen Augenblick in der Luft, und dann war auch er verschwunden.

Wieder senkte sich die Nacht mit ihren vertrauten Geräuschen über sie, und alles war wie zuvor.

Der alte Mann trat näher an das Licht heran. »Bah. Eines der kleinen Nachtgespenster hat sich wohl hierher verirrt«, murmelte er voll Ekel. Er blickte spöttisch auf Par. »Bist du in Ordnung, junger Ohmsford? Und der da? Heißt er nicht Coll? Er hat eben ziemlich viel einstecken müssen.«

Par ließ Coll auf den Boden gleiten und nickte. »Ja. Könntest du mir das Tuch und etwas Wasser reichen?«

Der alte Mann tat, wie geheißen, und Par betupfte Colls Schläfe, die sich blau zu verfärben begann. Coll wimmerte, setzte sich auf und vergrub seinen Kopf zwischen den Knien, in der Hoffnung, daß das Pochen dadurch aufhöre.

Par schaute auf. Es dämmerte ihm plötzlich, daß der alte Mann Colls Namen gewußt hatte. »Woher weißt du, wer wir sind?« fragte er vorsichtig.

Der alte Mann hielt seinem Blick stand. »Nun, ich weiß, wer ihr seid, weil ich euch gesucht habe. Aber ich bin keinesfalls euer Feind, wenn du das meinst.«

Par schüttelte den Kopf. »Nicht eigentlich, nachdem du uns auf diese Weise geholfen hast. Wir danken dir.«

»Euer Dank ist unnötig.«

Par nickte wieder. »Diese Frau, oder was sie war – es schien, als hätte sie Angst vor dir gehabt.« Er formulierte keine Frage, sondern stellte eine Tatsache fest.

Der alte Mann hob die Schultern. »Vielleicht.«

»Kennst du sie?«

»Ich habe von ihr gehört.«

Par zögerte, nicht sicher, ob er die Angelegenheit auf sich beruhen lassen sollte oder nicht. »Warum hast du uns gesucht?«

»Tja, weißt du, das ist leider eine ziemlich lange Geschichte«, antwortete der alte Mann in einem Ton, der darauf schließen ließ, daß die Anstrengung, eine solche Geschichte zu erzählen, seine Kräfte bei weitem übersteigen würde. »Könnten wir uns vielleicht hinsetzen, während wir darüber sprechen? Die Wärme des Feuers würde meinen alten Knochen gut tun. Ihr habt nicht zufällig einen Schluck Bier übrig? Nein? Schade. Ich nehme an, daß ihr, so wie man euch aus Varfleet hinausbefördert hat, keine Möglichkeit gehabt habt, solche Köstlichkeiten mitzunehmen. Man kann schon von Glück sagen, daß ihr unter diesen Umständen mit heiler Haut davongekommen seid.« Er kam gemächlich näher, ließ sich sachte im Gras nieder, kreuzte die Beine und brachte seine grauen Gewänder sorgfältig in Ordnung. »Ich habe mir gedacht, daß ich euch dort treffen würde. Aber dann kam die Sache mit der Föderation dazwischen, und ihr wart plötzlich auf dem Weg nach Süden, bevor ich euch aufhalten konnte.« Er nahm sich einen Becher, den er in den Wassereimer tauchte, um dann in großen Schlucken zu trinken.

Coll hatte sich in der Zwischenzeit aufgesetzt und hörte zu, während er immer noch das feuchte Tuch gegen seine Schläfe preßte. Par setzte sich neben ihn.

Der alte Mann trank den Becher leer und wischte sich den Mund an seinem Ärmel ab. »Allanon hat mich geschickt«, erklärte er beiläufig.

»Allanon«, wiederholte Par.

»Allanon ist seit dreihundert Jahren tot«, platzte Coll heraus.

Der alte Mann nickte. »Da hast du recht. Ich muß mich verbessern: Es war in Wirklichkeit Allanons Geist, sein Schatten – aber nichtsdestoweniger Allanon.«

»Allanons Schatten?« Coll nahm das Tuch von seiner Schläfe, vergessen war die Verletzung. Er bemühte sich gar nicht, seinen Unglauben zu verbergen.

Der alte Mann rieb sich sein bärtiges Kinn. »Nun, mein Junge, du wirst dich etwas gedulden müssen. Vieles von dem, was ich euch sagen werde, werdet ihr vielleicht nicht glauben wollen, aber ihr müßt mir glauben, wenn ich sage, daß dies alles sehr wichtig ist.« Er rieb sich die Hände, die er zum Feuer hin ausstreckte. »Es wäre das Beste, wenn ihr mich als Boten sehen könntet. Betrachtet mich einfach als einen Boten Allanons. Par, warum hast du die Träume mißachtet?«

Par erschrak. »Du weißt also davon?«

»Die Träume sind dir von Allanon geschickt worden, sie sollten dich zu ihm bringen. Verstehst du das nicht? Es war seine

Stimme, die du gehört, und sein Schatten, den du gesehen hast. Er ruft dich zum Hadeshorn – dich, deine Base Wren und…«

»Wren?« unterbrach ihn Coll ungläubig.

Der alte Mann schien ärgerlich. »Genau das habe ich doch gesagt, oder nicht? Muß ich wirklich alles zweimal sagen? Eure Base Wren Ohmsford. Und Walker Boh ebenfalls.«

»Onkel Walker«, sagte Par leise. »Ich erinnere mich.«

Coll warf seinem Bruder einen kurzen Blick zu, dann schüttelte er ungläubig den Kopf. »Das ist doch lächerlich. Keiner von uns weiß, wo sich die beiden aufhalten!« gab er bissig zurück. »Wren lebt irgendwo im Westland bei den Fahrenden. Sie hat nicht mal ein Dach über dem Kopf! Und Walker Boh hat seit zehn Jahren kein Mensch mehr gesehen. Er könnte genauso gut tot sein.«

»Er könnte, aber er ist es nicht«, sagte der alte Mann gereizt. Er warf Coll einen vielsagenden Blick zu, bevor er sich wieder Par zuwandte. »Ihr sollt euch alle drei am Hadeshorn einfinden, und zwar dann, wenn der Mondzyklus beendet ist. In der ersten Nacht des neuen Mondes wird Allanon dort zu euch sprechen.«

Par spürte, wie ihn ein Schauer durchlief. »Über Magie?«

Coll berührte die Schulter seines Bruders. »Vielleicht über Schattenwesen?« äffte er ihn nach.

Der alte Mann beugte sich plötzlich vor, sein Gesicht hatte sich verhärtet. »Worüber es ihm beliebt. Ja, über Magie. Und über Schattenwesen. Über Wesen wie das, das dich wie ein kleines Kind zu Boden geworfen hat. Aber am meisten, junger Coll, darüber!«

Er warf eine Prise schwarzes Pulver ins Feuer, so unerwartet, daß Par und Coll mit einem Satz zurücksprangen. Die Flammen schlugen hoch auf.

Ein Bild tauchte aus der Dunkelheit auf, wurde größer und größer. Es war ein Bild der Vier Länder. Die Länder waren öd und leer, verwüstet und bar allen Lebens. Dunkelheit und raucherfüllte Luft hingen über ihnen. In den Flüssen schwamm Treibgut, das Wasser war vergiftet. Bäume lagen umgeknickt am Boden, tot. Nur Buschwerk wucherte überall. Menschen krochen umher wie Tiere, und die Tiere flohen bei ihrem Anblick. Schatten mit seltsamen roten Augen durchstreiften das Land, berührten jene Menschen, die am Boden dahinkrochen, und machten sich an ihnen zu schaffen, bis sie ihre Konturen verloren hatten und unkenntlich wurden.

Der Anblick war ein Alptraum, der Par und Coll Ohmsford mit einem solchen Entsetzen erfaßte, daß sie glaubten, selbst am Ort des Geschehens zu sein und daß die Schreie, die aus den Kehlen der gequälten Menschen drangen, ihre eigenen seien.

Dann verblaßte das Bild, und sie saßen wieder am Feuer. Der alte Mann beobachtete sie mit Adleraugen.

»Das war ein Teil meines Traums«, flüsterte Par.

»Das war die Zukunft«, erwiderte der alte Mann.

»Oder ein Trick«, murmelte Coll, den seine Furcht gelähmt hatte.

Der durchbohrende Blick des alten Mannes war auf sie gerichtet. »Die Zukunft ist so lange ein sich ständig verändernder Irrgarten von Möglichkeiten, bis sie zur Gegenwart wird. Die Zukunft, die ich euch heute abend vor Augen geführt habe, ist noch nicht festgelegt. Aber die Wahrscheinlichkeit, daß die Zukunft genau so aussehen wird, wächst mit jedem Tag, der vergeht, an dem nichts unternommen wird, um das Übel abzuwenden. Wenn ihr sie verändern wollt, tut, wie ich euch geheißen habe. Geht zu Allanon! Hört auf das, was er euch sagt!«

Coll antwortete nichts, aus seinen Augen sprach noch immer Zweifel.

»Sag uns, wer du bist«, sagte Par leise.

Der alte Mann drehte sich zu ihm um, ließ seinen Blick kurz

auf ihm ruhen, wandte sich dann von ihm ab und starrte in die Dunkelheit hinaus, so als ob es dort Welten gäbe, die nur er zu sehen vermochte. Schließlich sah er sie wieder an und nickte. »Nun gut, ich habe einen Namen, den ihr beide schnell genug wiedererkennen solltet. Ich heiße Cogline.«

Einen Augenblick schwiegen Par und Coll. Dann fingen sie gleichzeitig an zu sprechen.

»Cogline, der gleiche Cogline, der im Ostland gelebt hat mit...?«

»Meinst du den gleichen Mann, der Kimber Boh...?«

Er unterbrach sie ungeduldig. »Ja, ja. Wie viele Coglines kann es denn schon geben!« Er runzelte die Stirn, als er den Ausdruck auf ihren Gesichtern bemerkte. »Ihr glaubt mir wohl nicht, was?«

Par atmete tief ein. »Cogline war schon zu Zeiten Brin Ohmsfords ein alter Mann. Das war vor dreihundert Jahren.«

Ganz unerwartet lachte der andere. »Ein alter Mann! Was weißt du schon von alten Männern, Par Ohmsford? Tatsache ist, daß du keinen blassen Schimmer hast!« Er lachte und schüttelte dann den Kopf. »Hör zu. Allanon hat fünfhundert Jahre gelebt, bevor er starb! Das stellst du doch nicht in Frage, oder? Ich glaube nicht, da du ja die Geschichte so bereitwillig erzählst! Was ist also so erstaunlich daran, daß ich seit dreihundert Jahren lebe?« Er hielt inne, und der Ausdruck in seinen Augen war überraschenderweise schelmisch. »Meine Güte, was hättest du erst gesagt, wenn ich dir erzählt hätte, daß ich tatsächlich schon sehr viel länger lebe?« Mit einer Handbewegung tat er die Antwort ab. »Nein, laß nur, bemüh dich nicht. Beantworte mir statt dessen folgende Frage. Was weißt du über mich? Über den Cogline aus deinen Geschichten? Sag's mir.«

Verwirrt schüttelte Par den Kopf. »Daß er ein Einsiedler war und mit seiner Enkelin Kimber Boh im Wildewald gelebt hat.

Daß meine Vorfahrin Brin Ohmsford und ihr Gefährte Rone Leah ihn gefunden haben, als sie...«

»Ja, ja, aber was weißt du über ihn? Denk doch darüber nach, wie du mich jetzt kennengelernt hast.«

Par hob die Schultern. »Daß er Pulver benutzte, das explodierte. Daß er sich mit den alten Wissenschaften beschäftigte.« Er erinnerte sich jetzt an die Einzelheiten aus den Geschichten über Cogline, und während sie ihm durch den Sinn gingen, mußte er zugeben, daß die Behauptungen des alten Mannes vielleicht doch nicht so weit hergeholt waren. »Er verfügte über die verschiedensten Zauberkräfte, über all die, die die Druiden gehabt hatten. Du meine Güte! Wenn du Cogline bist, mußt du immer noch über die Zauberkräfte verfügen. Stimmt's? Ist deine Magie der meinen ähnlich?«

Coll blickte plötzlich sorgenvoll drein. »Par!«

»Wie deine?« fragte der alte Mann schnell. »Magie wie im Wunschlied? Nie und nimmer! Keinesfalls so unberechenbar wie die! Daran hat die Magie der Druiden und Elfen schon immer gekrankt – daß sie so unberechenbar war! Die Zauberkraft, über die ich verfüge, basiert auf Wissenschaften und wurde in jahrelanger Praxis erprobt. Sie wirkt nicht aus eigenem Antrieb; sie entwickelt sich nicht wie lebendige Materie!« Mit einem grimmigen Lächeln auf seinem alten Gesicht hielt er inne. »Aber andererseits muß ich zugeben, daß meine Zauberkraft nicht singen kann.«

»Bist du wirklich Cogline?« fragte Par leise, wobei seine Stimme sein Staunen verriet.

»Ja«, flüsterte der alte Mann. »Ja, Par.« Er drehte sich geschwind zu Coll um, der im Begriff war, ihn zu unterbrechen, und legte einen schmalen, knochigen Finger auf seine Lippen. »Pst, junger Ohmsford, ich weiß, daß du mir immer noch nicht glaubst, und dein Bruder auch nicht, aber hört mir einen Augenblick zu. Ihr seid Kinder aus dem Elfenhaus von Shannara. Es waren ihrer nicht viele, und immer wurden hohe Erwartungen an sie gestellt. Ich glaube, man wird euch das Gleiche abverlangen. Vielleicht sogar noch mehr. Es ist mir nicht gestattet, in die Zukunft zu schauen. Wie ich euch schon sagte, bin ich nur ein Bote, und nicht einmal ein besonders guter. Ein unfreiwilliger Bote, um die Wahrheit zu sagen. Aber ich bin der einzige, der Allanon geblieben ist.«

»Aber warum gerade du?« warf Par ein, und sein schmales Gesicht hatte jetzt einen sorgenvollen Ausdruck.

Der alte Mann zögerte. Es herrschte eine Totenstille, als er zu sprechen begann. »Weil ich irgendwann einmal ein Druide war, aber das ist so lange her, daß ich mich kaum noch daran erinnere. Ich studierte die Gesetze der Magie und die Gesetze der alten Wissenschaften und entschied mich für die letzteren. Ich habe damit jeglichen Anspruch auf die ersteren aufgegeben. Allanon kannte mich, oder besser gesagt, er hatte von mir gehört, und erinnerte sich an mich. Nein, wartet. Ich habe ein bißchen übertrieben, als ich sagte, ich sei ein Druide gewesen. Das stimmt nicht, denn ich war lediglich ein Schüler. Aber Allanon hat sich trotzdem an mich erinnert. Als er mich aufsuchte, sprach er zu mir von Druide zu Druide, obwohl ich zugeben muß, daß er nicht viel gesagt hat. Er hat niemanden außer mir, der das, was getan werden muß, tun könnte, das heißt, dich und die anderen aufzusuchen und sie von der Richtigkeit der Träume zu überzeugen. Ihr habt die Träume inzwischen alle geträumt – Wren und Walker Boh und du. Ihr habt alle erfahren, welche Gefahren die Zukunft in sich birgt. Aber keiner hat reagiert. Deshalb hat er mich geschickt.«

Mit einem Blinzeln versuchte er die Erinnerung zu verscheuchen. »Ich war einst ein Druide, und ich übe die Magie der Druiden auch heute noch aus. Keiner hat davon gewußt. Weder meine

Enkelin Kimber noch eure Vorfahren, überhaupt niemand. Wißt ihr, ich habe viele verschiedene Leben gelebt. Der Cogline, der Brin Ohmsford zum Maelmord begleitet hat, war Cogline der Einsiedler, ein halber Wahnsinniger und ein halber Krüppel, der immer seine magischen Pulver mit sich herumtrug, in die allerhand seltsames Zeug gemischt war. Das war ich damals; das war der Mensch, zu dem ich mich entwickelt hatte. Ich habe danach jahrelang gebraucht, noch lange nach dem Tod von Kimber, bis ich wieder in der Lage war, wieder wie ich selbst zu handeln und zu sprechen.«

Er seufzte. »Der Druidenschlaf hat mich am Leben erhalten. Ich kannte das Geheimnis; ich hatte es mir angeeignet, bevor ich die Druiden verließ. Es gab oftmals Zeiten, in denen ich keinen Gebrauch davon machen wollte, sondern bereit war, mich dem Tod auszuliefern, anstatt mich ans Leben zu klammern. Aber irgend etwas hat mich davon abgehalten, und wenn ich jetzt so darüber nachdenke, könnte es sehr wohl Allanon gewesen sein, der aus seinem Grab heraus dafür gesorgt hat, daß die Druiden nach seinem Tod wenigstens einen Sprecher hatten.«

Er bemerkte den fragenden Ausdruck in Pars Augen, kannte die Frage, noch bevor sie gestellt wurde, und schüttelte schnell den Kopf. »Nein, nein, nicht ich. Ich bin nicht der Sprecher, den er braucht! Mir bleibt kaum genügend Zeit, um die Botschaft, die er mir aufgetragen hat, weiterzugeben. Allanon weiß das. Er würde mich nicht fragen, ob ich ein Leben führen will, das ich einst verschmäht habe. Er wird einen anderen fragen.«

»Mich?« fragte Par sofort.

Der alte Mann schwieg. »Vielleicht. Warum fragst du ihn nicht selbst?«

Keiner sprach ein Wort, als sie in der Dunkelheit um das Feuer herum kauerten. Die Schreie der Nachtvögel hallten schwach über das Wasser des Regenbogensees; es schien Par, als sei dieser gespenstische Klang irgendwie Ausdruck seiner eigenen Unsicherheit. »Ich möchte ihn fragen«, sagte er schließlich. »Ich glaube sogar, daß ich ihn fragen muß.«

Der alte Mann spitzte den Mund. »Dann mußt du es tun.«

Coll machte Anstalten, etwas zu sagen, besann sich aber dann eines Besseren. »Die ganze Angelegenheit will wohl bedacht sein«, sagte er schließlich.

»Dafür bleibt wenig Zeit«, brummte der alte Mann.

»Dann sollten wir die Zeit, die uns bleibt, nicht unnütz vergeuden«, erwiderte Coll sachlich.

Par schaute seinen Bruder einen Augenblick an, dann nickte er. »Coll hat recht. Ich muß darüber nachdenken.«

Der Alte zuckte die Schultern, gab auf diese Weise zu erkennen, daß er seine Aufgabe erledigt hatte, und erhob sich. »Ich habe dir die Nachricht, die mir aufgetragen wurde, überbracht. Deshalb werde ich mich jetzt wieder auf den Weg machen. Ich muß noch andere aufsuchen.«

Überrascht erhoben sich Par und Coll ebenfalls.

»Du verläßt uns jetzt, heute nacht noch?« fragte Par rasch. Irgendwie hatte er damit gerechnet, daß der alte Mann bei ihnen bleiben werde, um weiterhin zu versuchen, ihn vom Sinn der Träume zu überzeugen.

»Ich halte es für das Beste. Je eher ich meine Reise fortsetze, desto früher wird sie beendet sein. Ich habe dir ja gesagt, daß ich dich zuerst aufgesucht habe.«

»Aber wie willst du Wren und Walker finden?« wollte Coll wissen.

»Auf die gleiche Weise, wie ich euch gefunden habe.« Der alte Mann schnippte mit den Fingern, und ein silbriges Licht blitzte vor ihren Augen auf. Er grinste, was seinem Gesicht einen geisterhaften Ausdruck verlieh. »Magie!« Er streckte seine knochige Hand aus.

Par ergriff sie zuerst und stellte fest, daß der alte Mann seine Hand mit eisernem Griff festhielt. Coll erging es ebenso. Sie warfen einander Blicke zu.

»Ich möchte euch zum Abschied noch einen Rat geben«, sagte der alte Mann unvermittelt. »Ihr erzählt diese Geschichten, diese Sagen von Druiden, von Magie und von euren Vorfahren, und betet einfach herunter, was war und was jetzt vergangen ist. Das ist alles gut und schön, aber es wäre schade, wenn ihr darüber vergessen würdet, daß letztendlich nur das zählt, was hier und jetzt geschieht. Die Magie hat viele Zwecke, aber ihr gebraucht sie nur auf eine einzige Art. Ihr müßt herausfinden, was ihr sonst noch damit anfangen könnt. Und das könnt ihr erst dann, wenn ihr sie versteht. Ich habe den Verdacht, daß ihr sie überhaupt nicht versteht.«

Er musterte sie kurz, bevor er sich umdrehte und in die Dunkelheit hineinstapfte. »Vergeßt nicht, die erste Nacht des neuen Mondes!« Als seine Gestalt nur noch ein Schatten war, blieb er plötzlich stehen und schaute zurück. »Noch etwas, woran ihr denken solltet!« Seine Stimme hatte mit einemmal einen schneidenden Ton. »Die Schattenwesen sind nicht bloß Gerüchte und Ammenmärchen. Sie sind so wirklich wie ihr und ich. Möglicherweise habt ihr bis heute nicht daran geglaubt, aber jetzt solltet ihr es besser wissen. Sie werden auf euch warten, wo ihr auch hingeht. Diese Frau, sie war auch eine von ihnen. Sie hat herumgeschnüffelt, weil sie gespürt hat, daß ihr die Zauberkraft besitzt. Und die anderen werden das Gleiche tun.« Er setzte sich wieder in Bewegung. »Alle möglichen Dinge werden hinter euch her sein«, ermahnte er sie leise.

Keiner von beiden verstand, was er weiter vor sich hin murmelte, als er langsam in der Dunkelheit verschwand.

# 5

In dieser Nacht fanden Par und Coll Ohmsford nur wenig Schlaf. Noch lange, nachdem der alte Mann sie verlassen hatte, saßen sie wach. Sie redeten und stritten, sie machten sich Sorgen, ohne es voreinander zuzugeben, und hielten gleichzeitig Ausschau nach den versprochenen Dingen, den Schattenwesen und sonstigen Wesen, von denen sie verfolgt wurden. Und selbst danach, als alles gesagt war und sie sich müde in ihre Decken wickelten, war ihr Schlaf unruhig. Sie warfen sich hin und her und schreckten immer wieder aus dem Schlaf auf.

Als der Tag anbrach, krochen sie unter ihren warmen Decken hervor und wuschen sich im kalten Wasser des Sees. Es dauerte nicht lange, bevor sie wieder anfingen zu reden und zu streiten. So ging es weiter, während sie frühstückten, was insofern ganz gut war, als sie wieder einmal nur wenig zu essen hatten und über ihrem Gespräch ihre knurrenden Mägen vergaßen. Das Gespräch, das mehr und mehr in einen Streit ausartete, drehte sich um den alten Mann, der behauptete, Cogline zu sein, und um die Träume, die vielleicht geschickt und vielleicht auch nicht geschickt waren, von Allanon oder nicht. Jeder legte seinen Standpunkt dar, wodurch sich eine Kluft zwischen ihnen auftat, die nur schwer zu überwinden war. Bereits eine Stunde nach Tagesanbruch hatten sie einander gründlich satt.

»Du kannst nicht bestreiten, daß immerhin die Möglichkeit besteht, daß der alte Mann wirklich Cogline ist«, sagte Par zum hundertsten Mal, als sie die Zeltplane zum Boot trugen, um sie dort zu verstauen.

Coll zuckte die Achseln. »Ich bestreite gar nichts.«

»Und wenn er wirklich Cogline ist, dann kannst du nicht abstreiten, daß alles, was er uns erzählt hat, ebenfalls wahr ist.«

»Auch das streite ich nicht ab.«

»Und was ist mit der Waldfrau? Was war sie denn, wenn sie kein Schattenwesen war? Es gibt keine andere Möglichkeit! Das heißt, daß, egal wie man es sieht, wenigstens ein Teil dessen, was der Alte uns erzählt hat, der Wahrheit entspricht.«

»Jetzt mach's aber halblang.« Coll ließ die Plane zu Boden gleiten und stemmte die Hände in die Hüften. »Es ist immer das Gleiche mit dir, wenn wir streiten. Du machst diese lächerlichen Gedankensprünge und tust so, als wäre alles, was du sagst, vollkommen logisch. Wie kommst du zu dem Schluß, daß, falls die Frau ein Schattenwesen war, der alte Mann die Wahrheit gesagt hat?«

»Nun, weil...«

»Dabei stelle ich deine Behauptung, daß sie ein Schattenwesen war, noch nicht einmal in Frage«, unterbrach ihn Coll. »Obwohl wir nicht die leiseste Ahnung haben, was ein Schattenwesen ist, obwohl sie genauso gut etwas vollkommen anderes hätte sein können.«

»Etwas anderes? Was soll sie denn...«

»Eine Freundin des alten Mannes zum Beispiel. Ein Köder beispielsweise, um seine Geschichte glaubwürdig zu machen.«

Par war außer sich vor Wut. »Das ist doch lächerlich! Aus welchem Grund hätte er das tun sollen?«

Coll spitzte nachdenklich den Mund. »Um dich zu überreden, mit ihm zum Hadeshorn zu gehen, das ist doch klar. Um dich nach Callahorn zurückzubringen. Denk einmal darüber nach. Vielleicht interessiert sich der Alte auch für die Magie – genauso wie die Föderation.«

Ungläubig schüttelte Par den Kopf. »Das glaube ich nicht.«

»Du willst es nicht glauben, weil du nicht als erster drauf gekommen bist«, erklärte Coll anzüglich, bevor er die Zeltplane wieder aufhob. »Wenn du dir einmal etwas in den Kopf gesetzt hast, dann muß es auch so sein. Aber ich sage dir, diesmal solltest du deine Entscheidung nicht überstürzen. Es gibt noch andere Möglichkeiten, die bedacht werden wollen, und ich hab' dir erst eine aufgezeigt.«

Schweigend erreichten sie das Flußufer und verstauten die Plane am Boden des Bootes. Obwohl die Sonne gerade erst aufging, war der beginnende Tag bereits warm. Kein Lüftchen wehte über die spiegelglatte Oberfläche des Regenbogensees, und die Luft war erfüllt von dem Duft von wilden Blumen und Gras.

Coll drehte sich um. »Weißt du, ich habe nichts dagegen, daß du eine feste Meinung hast. Es ist bloß, daß du immer davon ausgehst, daß ich deine Meinung teile. Wenn es nach dir ginge, müßte ich einfach immer nachgeben. Aber das habe ich keinesfalls vor. Wenn du dich auf den Weg zum Hadeshorn und den Drachenzähnen begeben willst, dann tu's. Aber hör auf, so zu tun, als müsse ich vor Freude über die Möglichkeit, mich dir anzuschließen, in die Luft springen.«

Par antwortete nicht sofort. Er dachte statt dessen über ihre gemeinsame Jugendzeit nach. Par war zwei Jahre älter, und obwohl er Coll körperlich unterlegen war, war er schon immer der Anführer gewesen. Schließlich besaß er die Zauberkraft, und dadurch hatte er immer eine Sonderstellung eingenommen. Coll war immer der Ausgeglichenere der beiden gewesen – nicht so leicht in Wut zu versetzen, umsichtig, besonnen und der geborene Friedensstifter in allen Streitigkeiten. Außerdem mochte ihn jeder. Er brachte seine Zeit damit zu, sich um andere zu kümmern, Wogen zu glätten und verletzten Stolz wieder aufzurichten. Par dagegen hatte für solche Dinge weder Zeit noch Geduld gehabt, er war vielmehr damit beschäftigt gewesen, neue Herausforderungen anzunehmen, neue Ideen zu entwickeln. Er verfügte über hellseherische Fähigkeiten, aber die Empfindsamkeit

Colls blieb ihm versagt. Er sah die Möglichkeiten des Lebens klar voraus, aber Coll war derjenige, der um die Opfer, die das Leben forderte, wußte.

In der Vergangenheit hatte jeder oftmals für die Fehler und Sünden des anderen geradegestanden. Aber Par hatte immer die Magie, auf die er sich verlassen konnte, so daß es ihm keine große Mühe bereitet hatte, für Coll einzutreten. Für Coll war die Sache dagegen anders. Ihn hatte es oft große Mühe gekostet zu helfen. Aber Par war sein Bruder, den er liebte, und er beklagte sich nie. Wenn Par an jene Tage zurückdachte, war er manchmal beschämt darüber, wieviel er von seinem Bruder im Lauf der Zeit freiwillig angenommen hatte.

Er schob die Erinnerungen beiseite. Coll schaute ihn an und wartete auf seine Antwort. Par rutschte ungeduldig hin und her und dachte darüber nach, welche Art von Antwort angebracht war. Dann sagte er einfach: »Schon gut. Was schlägst du vor, was wir tun sollen?«

»Meine Güte, ich habe keine Ahnung, was wir tun sollen«, antwortete Coll. »Ich weiß nur, daß es viele unbeantwortete Fragen gibt, und ich glaube nicht, daß wir uns für irgend etwas entscheiden sollten, solange wir nicht wenigstens einige Antworten kennen.«

Par nickte gelassen. »Du meinst wohl, nicht vor dem neuen Mond.«

»Bis dahin sind es noch mehr als drei Wochen, wie du wohl weißt.«

Pars Augen verengten sich. »Das ist nicht so viel Zeit, wie du meinst. Wie sollen wir denn in dieser kurzen Zeit alle Fragen beantworten?«

Coll sah ihn mit großen Augen an. »Weißt du, daß du unmöglich bist?« Er drehte sich um und ging vom Ufer zu ihrem Lagerplatz zurück, wo sich immer noch Decken und Kochgeräte befanden, und fing an, sie zum Boot hinunterzutragen. Er würdigte Par keines Blickes.

Par stand schweigend da und beobachtete seinen Bruder. Er mußte daran denken, wie Coll ihn während eines Ausflugs aus den Stromschnellen des Rappahalladran gezogen und somit vor dem Ertrinken bewahrt hatte. Er war im Fluß untergegangen, und Coll war gezwungen gewesen, nach ihm zu tauchen. Weil er von Fieberanfällen geschüttelt wurde, hatte ihn Coll anschließend nach Hause getragen. Es schien, als hätte Coll sich schon immer um ihn gekümmert. Plötzlich fragte er sich, warum dem so war, da doch er derjenige war, der über Zauberkräfte verfügte.

Coll hatte das Boot beladen, und Par ging auf ihn zu. »Es tut mir leid«, sagte er.

Coll schaute ihn einen Augenblick ernst an, dann ging ein Grinsen über sein Gesicht. »Nein, das ist nicht wahr. Das sagst du nur so.«

Par mußte ebenfalls grinsen. »Nein, das tu' ich nicht.«

»Das tust du doch. Du willst mir nur Sand in die Augen streuen, damit du, wenn wir draußen auf dem See sind und ich keine Möglichkeit habe, meine eigenen Wege zu gehen, wieder mit deinen verflixten Reden anfangen kannst.« Coll lachte jetzt lauthals los.

Par versuchte möglichst gekränkt auszusehen. »Also gut, du hast recht. Es tut mir nicht leid.«

»Ich wußte es!« Coll triumphierte.

»Aber du liegst falsch, was den Grund meiner Entschuldigung betrifft. Ich habe lediglich versucht, die Schuldgefühle loszuwerden, die ich als älterer Bruder immer gehabt habe.«

»Mach dir nichts draus!« Coll hielt sich den Bauch. »Du warst schon immer ein schrecklicher älterer Bruder.«

Par schubste ihn, und Coll schubste zurück, und einen Augenblick waren all ihre Meinungsverschiedenheiten vergessen. Sie lachten und warfen einen letzten Blick auf den Lagerplatz, bevor sie ihr Boot vom Ufer abstießen, um, als sie tieferes Wasser erreichten, hineinzuklettern. Coll nahm wortlos die Paddel in die Hand und begann zu rudern.

Sie ruderten am Ufer entlang in westlicher Richtung, und während sie die wärmende Sonne auf ihrer Haut genossen, lauschten sie dem Vogelgezwitscher, das aus dem Schilf und den Bäumen zu ihnen herüberdrang. Sie saßen eine Zeitlang schweigend nebeneinander, glücklich über die neugewonnene Nähe zwischen ihnen und sorgsam darauf bedacht, einen neuen Streit zu vermeiden.

Dennoch ertappte sich Par dabei, wie er sich in Gedanken mit der Sache beschäftigte, und er war sicher, daß es Coll ebenso erging. In einem Punkt mußte er seinem Bruder recht geben – es gab viele unbeantwortete Fragen. Als er sich die Ereignisse des vergangenen Abends noch einmal durch den Kopf gehen ließ, wünschte er, er hätte dem alten Mann mehr Fragen gestellt. Wußte der alte Mann beispielsweise, wer der Fremde war, der sie in Varfleet gerettet hatte? Der alte Mann wußte jedenfalls, daß sie in Schwierigkeiten geraten waren, und mußte demzufolge auch wissen, wie sie entkommen waren. Es war ihm gelungen, sie aufzuspüren, zuerst in Varfleet, dann auf dem Mermidon, und er hatte die Waldfrau verscheucht, und zwar scheinbar ohne große Mühe. Er verfügte über irgendeine Kraft, vielleicht über die Magie der Druiden, vielleicht über die Wissenschaft der alten Welt, aber er hatte weder ihren Namen noch ihre Wirkung preisgegeben. Und in welcher Beziehung stand er zu Allanon? Oder hatte er nur eine Behauptung aufgestellt, die jeder Grundlage entbehrte? Und warum hatte er so schnell aufgegeben, als Par erklärte, er müsse es sich noch überlegen, ob er Allanon am Hadeshorn treffen wolle? Hätte er nicht vielmehr versuchen müssen, Par zu diesem Treffen zu überreden?

Die Frage jedoch, die Par am meisten beunruhigte, konnte er unmöglich mit Coll besprechen, denn sie betraf Coll selbst. Aus seinen Träumen wußte Par, daß er gebraucht wurde, genauso wie seine Base Wren und sein Onkel Walker Boh. Der alte Mann hatte bestätigt, daß Par, Wren und Walker Boh gerufen waren.

Warum hatte niemand von Coll gesprochen?

Diese Frage konnte er beim besten Willen nicht beantworten. Zuerst hatte er vermutet, daß es damit zusammenhing, daß er über die Zauberkraft verfügte und Coll nicht, daß der Ruf in irgendeiner Weise mit dem Wunschlied zu tun hatte. Aber warum wurde dann Wren gebraucht? Auch Wren besaß keine Zauberkraft. Mit Walker Boh war es natürlich etwas anderes, denn es gab viele Gerüchte, die besagten, daß er etwas über Magie wußte, das die anderen nicht wußten. Aber nicht Wren. Und auch nicht Coll. Trotzdem war Wren ausdrücklich genannt worden und Coll nicht.

Diese eine Frage trug mehr als alle anderen zu seiner Unentschlossenheit bei. Er wollte den Grund der Träume erfahren; falls der alte Mann die Wahrheit über Allanon gesprochen hatte, wollte er wissen, was der Druide zu sagen hatte. Er wollte jedoch nichts damit zu tun haben, wenn er sich deswegen von Coll trennen mußte. Coll war ihm mehr als ein Bruder; er war sein bester Freund, sein engster Vertrauter und Gefährte, im Grunde genommen sein anderes Selbst. Par hatte nicht die Absicht, sich auf eine Sache einzulassen, bei der nicht beide willkommen waren.

Andererseits hatte der alte Mann Coll nicht verboten mitzukommen. Auch die Träume hatten dies nicht getan. Weder der alte Mann noch die Träume hatten davon abgeraten. Sie hatten ihn schlichtweg unbeachtet gelassen.

Aber warum?

Der Morgen verstrich nur langsam, und plötzlich kam Wind auf. Die Brüder benutzten ihre Zeltplane und eines der Ruder als

Segel und Mast, und schon bald segelten sie über das schäumende Wasser des Regenbogensees. Mehr als einmal wären sie fast gekentert, wären sie nicht jedesmal, wenn der Wind sich plötzlich drehte, in Alarmbereitschaft gewesen, und hätten sie nicht jedesmal mit ihrem ganzen Gewicht dagegengehalten, wenn das Boot umzukippen drohte. Sie nahmen Kurs nach Südwest, und bereits am frühen Nachmittag erreichten sie die Mündung des Rappahalladran.

Dort brachten sie das Boot in einer kleinen Bucht an Land, bedeckten es mit Schilfgras und Zweigen und machten sich mit Decken und Kochgerät auf den Weg flußaufwärts in Richtung Dulnwald. Es schien ihnen jedoch schon bald vorteilhafter, weil zeitsparender, den Fluß zu verlassen und landeinwärts in das Hochland von Leah vorzudringen. Sie hatten seit dem Vorabend nicht mehr über ihr Reiseziel gesprochen, obwohl sie stillschweigend übereingekommen waren, das Thema später zu erörtern. Sie hatten es natürlich nicht erörtert. Keiner von beiden hatte das Thema zur Sprache gebracht, weder Coll, weil sie in die Richtung gingen, in die er sowieso gehen wollte, noch Par, denn Coll hatte recht, wenn er sagte, daß eine Reise zurück nach Callahorn wohl überlegt sein wolle.

Merkwürdigerweise hatten sie, obwohl sie seit dem frühen Morgen weder über die Träume noch den alten Mann gesprochen hatten, unabhängig voneinander begonnen, ihre jeweiligen Standpunkte zu überdenken und sich einander anzunähern – insgeheim räumten sie ein, daß der andere vielleicht doch nicht so unrecht hatte.

Als sie schließlich wieder anfingen, die Angelegenheit zu besprechen, konnten sie dies ohne Streit tun. Es war inzwischen Nachmittag geworden. Eine hügelige Landschaft breitete sich vor ihnen aus, ein Teppich aus Gras und wilden Blumen, mit breitblättrigen Bäumen und Buschwerk. Der Nebel, der das

Hochland das ganze Jahr über einhüllte, hatte sich vor dem hellen Sonnenlicht zurückgezogen und hing jetzt gleich einzelnen Wattebäuschen an den Spitzen der Bergkämme und Felsen.

»Ich glaube, die Waldfrau hat sich wirklich vor dem alten Mann gefürchtet«, sagte Par, als sie auf dem Weg zu einem kleinen Eschenhain eine lange, steile Böschung erklommen. »Ich glaube nicht, daß ihre Angst vorgetäuscht war. Keiner kann so gut schauspielern.«

Coll nickte. »Ich glaube, da hast recht. Damit, daß ich angedeutet habe, daß die beiden zusammenarbeiten, wollte ich dich nur zum Nachdenken zwingen. Doch die Frage, ob der Alte uns wirklich alles gesagt hat, geht mir einfach nicht aus dem Sinn. Das, was mir aus den Geschichten über Allanon am meisten in Erinnerung geblieben ist, ist, daß er im Umgang mit den Ohmsfords immer ausgesprochen vorsichtig und zurückhaltend war.«

»Er hat ihnen nie alles gesagt, das stimmt.«

»Also könnte es sein, daß der alte Mann ihm ähnlich ist.«

Nachdem sie die Anhöhe erreicht hatten, ließen sie ihre zusammengerollten Decken zu Boden sinken und begaben sich in den Schatten der Eschen, um von dort aus ihren Blick über das Hochland schweifen zu lassen. Der Schweiß rann ihnen aus allen Poren und ließ ihre Hemden an ihren Rücken kleben.

»Wir werden's heute nicht mehr bis nach Hause schaffen«, sagte Par, während er sich im Schatten der Bäume niederließ.

»Es sieht nicht danach aus, das stimmt«, pflichtete Coll ihm bei, der jetzt alle viere von sich gestreckt hatte.

»Ich habe nachgedacht.«

»Das kann nie schaden.«

»Ich habe darüber nachgedacht, wo wir die Nacht verbringen können. Es wäre nicht schlecht, zur Abwechslung mal wieder in einem Bett zu schlafen.«

Coll lachte. »Dagegen hätte ich bestimmt nichts einzuwenden.

Hast du eine Ahnung, wo wir hier mitten im Niemandsland ein Bett finden sollen?«

Par drehte sich langsam um und sah ihn an. »Ich habe tatsächlich eine Idee. Morgans Jagdhütte ist nur einige Meilen von hier entfernt. Ich wette, wir könnten sie für eine Nacht ausleihen.«

Coll blickte gedankenvoll drein. »Ja, ich wette, das könnten wir.«

Morgan Leah war der älteste Sohn einer Familie, deren Vorfahren einst Könige von Leah waren. Die Monarchie war jedoch vor fast zweihundert Jahren, als die Föderation sich nach Norden ausgedehnt und das Hochland verschlungen hatte, abgeschafft worden. Seit dieser Zeit gab es in Leah keine Könige mehr, und die Familie hatte in all den Jahren danach von der Landwirtschaft und dem Handwerk gelebt. Das gegenwärtige Familienoberhaupt, Kyle Leah, lebte als Landbesitzer im Süden der Stadt und züchtete Rinder. Morgan, sein ältester Sohn und gleichzeitig Par und Colls bester Freund, hatte dagegen nichts als Unsinn im Kopf.

Die Jagdhütte gehörte der ganzen Familie, aber Morgan war derjenige, der sie am meisten nutzte. Als die Brüder Ohmsford das Hochland zum letzten Mal besucht hatten, waren sie eine Woche Morgans Gäste gewesen. Sie hatten im Freien kampiert, waren auf der Jagd gewesen und hatten gefischt, aber die meiste Zeit hatten sie damit zugebracht, Morgan zuzuhören, wenn er davon berichtete, wie er sich ständig bemühte, den Mitgliedern der Föderationsregierung in Leah das Leben schwer zu machen. Morgan Leah war der hellste Kopf und der schnellste Mann im ganzen Südland, und er hegte eine beharrliche Abneigung gegen die Truppen, die sein Land besetzt hielten. Leah war im Gegensatz zu Shady Vale, der Heimat der Ohmsfords, eine große Stadt, die der Bewachung bedurfte. Nachdem die Föderation die Monarchie abgeschafft hatte, ernannte sie einen Gouverneur und stationierte ein Regiment Soldaten in der Stadt, um auf diese Weise für Recht und Ordnung zu sorgen. Morgan betrachtete diesen Umstand als persönliche Herausforderung. Er ergriff jede Gelegenheit, die sich ergab oder auch nicht ergab, um die Beamten, die jetzt in aller Bequemlichkeit, aber ohne rechtmäßigen Anspruch im Haus seiner Vorfahren residierten, zu schikanieren. Es war jedesmal ein ungleicher Wettkampf. Morgan war der geborene Unruhestifter und viel zu klug, als daß die Beamten der Föderation ihn jemals für die Quelle des Übels hätten halten können, ganz zu schweigen davon, daß sie die Quelle zum Versiegen hätten bringen können.

Die Brüder luden sich ihr Gepäck auf den Rücken und machten sich noch einmal auf den Weg. Der Nachmittag neigte sich dem Ende zu, aber die Luft stand still, und die Hitze wurde sogar noch drückender. In dieser Höhe war die Erde im Hochsommer so trocken, daß das Gras, dessen grüne Halme sich in bräunlich graue Schuppen verwandelt hatten, unter ihren Schritten knisterte. Kleine Staubwölkchen stiegen zu ihren Füßen auf, und ihr Mund wurde immer trockener.

Die Sonne war fast untergegangen, als sie die Jagdhütte sichteten, ein Gebäude aus Stein und Holz, das mit Blick nach Westen inmitten eines kleinen Kiefernwäldchens auf einer kleinen Anhöhe stand. Müde und verschwitzt ließen sie ihr Gepäck an der Eingangstür fallen und machten sich schnurstracks auf den Weg zu den Quellen, die einige hundert Meter hinter dem Haus inmitten von Bäumen versteckt lagen. Als sie sie erreichten, streiften sie unverzüglich ihre Kleider ab und spürten nur noch das Bedürfnis, sich in dem Wasser zu baden.

Aus diesem Grund sahen sie auch das Schlammwesen erst, als es fast vor ihnen stand.

Es kroch aus den Büschen zu ihrer Seite hervor, ein in eine Schlammkruste eingehülltes Wesen, das kaum menschliche Züge trug und ein wildes Brüllen ausstieß, das die Stille um sie herum erzittern ließ.

»Ah! Zwei leckere Talbewohner!« schnarrte das Wesen, dessen Stimme plötzlich ganz vertraut klang.

»Zum Teufel, Morgan!« rief Par. »Du hast mich fast zu Tode erschreckt, verdammt noch mal!«

Coll sagte mit ruhiger Stimme: »Und ich habe geglaubt, du hättest nur die Absicht, die Föderation aus Leah zu vertreiben und nicht deine Freunde.«

Morgan Leah, der in seinem Schlammkokon vor ihnen stand, bog sich vor Lachen. »Es tut mir leid, wirklich. Aber kein Mensch hätte einer solchen Gelegenheit widerstehen können. Ich bin sicher, ihr versteht das!«

Par blickte Morgan an. »Was um alles in der Welt machst du denn da?«

»Oh, du meinst den Schlamm? Gut für die Haut!« Morgan trottete zu den Quellen und stieg vorsichtig in das Wasser. »Ungefähr eine Meile von hier habe ich vor einigen Tagen zufällig Schlammbäder entdeckt. Hatte keine Ahnung, daß es hier so etwas gibt. Ich kann euch sagen, daß es an einem heißen Tag nichts Besseres gegen die Hitze gibt als Schlamm auf der Haut. Besser sogar noch als die Quellen. Ich habe mich also auf Schweineart darin gesuhlt und kam dann zurück, um mich abzuwaschen. Da hörte ich euch kommen und beschloß, euch auf echte Hochlandart willkommen zu heißen.«

Er tauchte im Wasser unter; als er wieder an der Oberfläche erschien, war aus dem Schlammungeheuer ein gutgewachsener, kräftiger junger Mann geworden, dessen Haut die Sonne eine schokoladenfarbene Bräune verliehen hatte, dessen rötliche Haare bis zur Schulter reichten und dessen klare graue Augen ihnen aus einem zugleich klugen und aufrichtigen Gesicht entgegenblickten. »Na, was meint ihr?« rief er aus und grinste.

»Großartig«, erwiderte Par.

»Aber, aber! Nicht jeder Trick ist weltbewegend. Doch das erinnert mich an etwas.« Morgan beugte sich fragend vor. Sein Gesichtsausdruck deutete wie so oft an, daß er sich über irgend etwas insgeheim amüsierte. »Solltet ihr beide nicht eigentlich oben in Callahorn die Eingeborenen unterhalten? Habt ihr mir das nicht als Letztes erzählt? Was macht ihr hier?«

»Was machst *du* hier?« gab Coll zurück.

»Ich? Ach, nur ein kleines Mißverständnis im Zusammenhang mit dem Gouverneur – ich fürchte jedoch, eigentlich im Zusammenhang mit seiner Frau. Natürlich verdächtigen sie nicht mich – das tun sie ja nie. Trotzdem schien mir ein kleiner Urlaub angebracht.« Morgan grinste jetzt über das ganze Gesicht. »Aber jetzt mal los, ich habe zuerst gefragt. Was ist los?«

Er ließ nicht locker, und da es zwischen den Dreien noch nie Geheimnisse gegeben hatte, erzählte Par, nicht ohne auf Colls Hilfe zurückzugreifen, was sie seit der Nacht in Varfleet, als ihnen Felsen-Dall und die Sucher der Föderation auf den Leib gerückt waren, durchgemacht hatten. Er erzählte ihm von den Träumen, die möglicherweise Allanon geschickt hatte, von ihrer Begegnung mit der schrecklichen Waldfrau, die möglicherweise ein Schattenwesen war, und von dem alten Mann, der sie gerettet hatte und möglicherweise Cogline war.

»Eure Geschichte ist voll von ›möglicherweise‹«, bemerkte der Hochländer, als sie ihre Erzählung beendet hatten. »Seid ihr sicher, daß ihr das alles nicht nur erfunden habt?«

»Ich wünschte, es wäre so«, antwortete Coll wehmütig.

»Wie dem auch sei«, erklärte Par, »wir hielten es für eine gute Idee, hier zu übernachten und uns morgen auf den Weg ins Tal zu machen.«

Morgan schüttelte den Kopf. »Ich würde das an eurer Stelle lieber bleiben lassen.«

Par und Coll warfen einander fragende Blicke zu.

»Wenn die Föderation so sehr hinter euch her war, daß sie Felsen-Dall sogar bis nach Varfleet geschickt hat«, fuhr Morgan fort, der ihren Blick erwiderte, »haltet ihr es dann nicht für wahrscheinlich, daß sie ihn auch nach Shady Vale schicken?«

Erst nach langem Schweigen sagte Par schließlich: »Ich gebe zu, daran habe ich noch gar nicht gedacht.«

Morgan stieg aus dem Wasser und begann sich abzutrocknen. »Ich weiß, mein Junge, denken war noch nie deine Stärke. Bloß gut, daß du mich zum Freund hast. Kommt, laßt uns zur Hütte hinaufgehen, und ich mache euch etwas zu essen – zur Abwechslung mal was anderes als Fisch –, und dann können wir die Sache bereden.«

Sie trockneten sich ab, wuschen ihre Kleider und kehrten zur Hütte zurück, wo sich Morgan sogleich anschickte, das Abendessen zuzubereiten. Er kochte einen wunderbaren Eintopf aus Fleisch, Karotten, Kartoffeln und Zwiebeln und stellte ihn mit warmem Brot und kaltem Bier auf den Tisch vor dem Haus. Sie saßen auf einer Bank unter den Kiefern und aßen und tranken, bis fast alles verzehrt war. Die hereinbrechende Nacht brachte endlich eine kühle Brise aus den Bergen. Zum Nachtisch hatten sie Birnen und Käse, und während sie zufrieden mit sich und der Welt aßen, verfärbte sich der Himmel zuerst rot, dann lila, bis es schließlich dunkel wurde und Sterne am Himmel aufzogen.

»Ich liebe das Hochland«, sagte Morgan, nachdem sie lange schweigend auf den Steinstufen der Hütte nebeneinandergesessen hatten. »Ich glaube, ich könnte die Stadt genauso lieben lernen, aber nicht, solange die Föderation dort herrscht. Manchmal denke ich darüber nach, wie es wohl gewesen wäre, in der alten Welt zu leben, damals, als sie noch uns gehört hat. Das ist natürlich schon lange her – sechs Generationen. Heute weiß niemand mehr, wie es damals war. Mein Vater weigert sich, überhaupt darüber zu sprechen. Aber hier, dieses Land, das gehört noch immer uns. Die Föderation hat es noch nicht geschafft, es uns wegzunehmen. Es ist einfach zu groß. Vielleicht hänge ich deshalb so an diesem Land – weil es das einzige ist, was meiner Familie geblieben ist.«

»Außer dem Schwert«, erinnerte ihn Par.

»Trägst du dieses schäbige alte Ding immer noch mit dir herum?« fragte Coll. »Ich würde mir wünschen, daß du es eines Tages durch ein neues und besseres ersetzest.«

Morgan warf ihm einen Blick zu. »Erinnert ihr euch an die Geschichten, in denen es heißt, daß das Schwert von Leah einst Zauberkräfte besaß?«

»Allanon selbst soll ihm die Zauberkräfte verliehen haben«, bestätigte Par.

»Ja, zu Rone Leahs Zeit.« Morgan runzelte die Stirn. »Manchmal glaube ich, daß es immer noch Zauberkräfte besitzt. Natürlich nicht so wie damals, als es selbst den Mordgeistern widerstehen konnte, aber auf andere Weise. Die Scheide ist in all den Jahren mindestens ein halbes dutzendmal ersetzt worden, der Griff wenigstens ein- oder zweimal, und auch jetzt wär's schon wieder nötig. Aber die Klinge – ja, die Klinge! Sie ist immer noch so scharf und zuverlässig wie eh und je, es ist fast so, als könne ihr das Alter nichts anhaben. Ist das nicht auch Zauberkraft?«

Die Brüder nickten ernst. »Mitunter verändert sich die Zauberkraft«, sagte Par. »Sie wächst und entwickelt sich. Vielleicht ist das auch mit dem Schwert von Leah passiert.« Als er das sagte, dachte er an den alten Mann und fragte sich, ob dieser wohl recht gehabt hatte mit seiner Behauptung, daß er nichts von Magie verstehe.

»Wißt ihr, die Wahrheit ist, daß keiner das Schwert haben will.« Morgan seufzte. »Es scheint, als ob niemand etwas aus der alten Zeit haben möchte. Ich glaube, die Erinnerung ist zu schmerzlich. Mein Vater hat kein einziges Wort gesagt, als ich das Schwert haben wollte. Er hat es mir einfach gegeben.«

Coll gab dem anderen einen freundschaftlichen Schubs. »Ich glaube, dein Vater sollte etwas vorsichtiger damit sein, wem er seine Waffen gibt.«

Morgan machte ein gekränktes Gesicht. »Wurde etwa ich gebeten, mich der Bewegung anzuschließen?« fragte er. Sie lachten. »Aber Spaß beiseite. Du hast erzählt, daß der Fremde dir einen Ring gegeben hat. Hast du was dagegen, wenn ich ihn mir anschaue?«

Par holte den Ring mit dem Falkenzeichen aus seiner Tasche und reichte ihn Morgan.

Morgan nahm ihn und betrachtete ihn von allen Seiten, zuckte dann die Achseln und reichte ihn zurück. »Er kommt mir nicht bekannt vor. Aber das hat nicht unbedingt etwas zu bedeuten. Ich habe gehört, daß es in der Bewegung Banden von Geächteten gibt, die, um die Föderation hinters Licht zu führen, ihre Erkennungszeichen regelmäßig ändern.« Er nahm einen großen Schluck aus seinem Bierglas und lehnte sich wieder zurück. »Manchmal glaube ich, ich sollte nach Norden gehen und mich ihnen anschließen – und aufhören, hier Spielchen zu spielen mit diesen Narren, die mein Land regieren und dabei nicht einmal die Geschichte kennen.« Traurig schüttelte er den Kopf und sah einen Augenblick sehr alt aus. »Aber jetzt zu euch. Ihr könnt nicht zurückgehen, solange ihr nicht wißt, ob es wirklich ungefährlich ist. Ich schlage deshalb vor, daß ihr hier wartet und mich vorausgehen laßt. Ich werde feststellen, ob die Föderation nicht bereits dort ist. Ist das ein faires Angebot?«

»Mehr als fair«, sagte Par sogleich. »Danke, Morgan. Aber du mußt versprechen, vorsichtig zu sein.«

»Vorsichtig? Wegen dieser Narren? Ha!« Der Hochländer

grinste von einem Ohr zum anderen. »Ich könnte ihnen gegenübertreten und gleichzeitig in alle Gesichter spuken, und sie würden trotzdem noch Tage brauchen, um dahinterzukommen! Vor denen muß ich mich nicht fürchten!«

Par lachte nicht. »Vielleicht nicht in Leah. Aber möglicherweise sind die Sucher schon in Shady Vale.«

Morgan machte jetzt ein ernstes Gesicht. »Da magst du recht haben. Ich werde vorsichtig sein.«

Alle drei erhoben sich. Coll fragte: »Was hast du denn nun eigentlich mit der Frau des Gouverneurs gemacht?«

Morgan hob die Schultern. »Ach das? Irgend jemand hat mir erzählt, daß sie die Hochlandluft nicht mag, daß ihr davon übel wird. Ich habe ihr ein Parfüm geschickt, um ihre Nase zu erfreuen. Es befand sich in einem kleinen wunderschönen Glasfläschchen. Ich wollte sie überraschen und habe dafür gesorgt, daß es in ihr Bett gelegt wurde. Bedauerlicherweise ist es zerbrochen, als sie sich daraufgelegt hat.« Er zwinkerte. »Ich bin untröstlich, aber ich habe das Parfüm irgendwie mit Skunköl verwechselt.«

Die drei sahen einander in der Dunkelheit an und grinsten wie Honigkuchenpferde.

In dieser Nacht schliefen die Brüder Ohmsford in der Behaglichkeit und Wärme richtiger Betten tief und fest. Sie hätten mühelos bis Mittag schlafen können, aber Morgan weckte sie bei Tagesanbruch, als er sich auf den Weg nach Shady Vale machte. Bevor er ging, zeigte er ihnen das Schwert von Leah; der Griff und die Scheide waren arg mitgenommen, aber die Klinge blitzte und sah so neu aus, wie der Hochländer es beschrieben hatte. Er lächelte voller Zufriedenheit, als er den Ausdruck ihrer Gesichter bemerkte. Er hängte sich die Waffe um die Schulter, steckte ein langes Messer in einen seiner Stiefel, ein Jagdmesser an seinen Gürtel und warf sich einen Bogen aus Eschenholz über den Rücken. Er zwinkerte ihnen zu. »Es kann nicht schaden, ein paar Vorkehrungen zu treffen.«

Sie begleiteten ihn zur Tür hinaus und ein Stückchen des Weges nach Westen, wo er sich von ihnen verabschiedete. Sie selbst kämpften immer noch mit dem Schlaf und konnten ihr Gähnen kaum unterdrücken.

»Legt euch einfach wieder aufs Ohr«, riet Morgan. »Schlaft, solang wie ihr mögt. Entspannt euch und macht euch keine Sorgen. In ein paar Tagen bin ich zurück.« Er winkte ihnen zum Abschied zu, wobei sich seine große, kräftige Gestalt, die wie immer Selbstvertrauen und Zuversicht ausstrahlte, gegen den noch dunklen Himmel abzeichnete.

»Sei vorsichtig«, rief Par ihm nach.

Morgan lachte. »Seid nur ihr vorsichtig!«

Die Brüder befolgten den Rat des Hochländers und legten sich wieder aufs Ohr. Nachdem sie bis zum Nachmittag geschlafen hatten, brachten sie den Rest des Tages damit zu zu faulenzen. Am nächsten Tag dagegen standen sie früh auf, badeten in den Quellen, durchstreiften die Gegend vergeblich auf der Suche nach den Schlammbädern, säuberten die Jagdhütte und nahmen ein Abendessen zu sich, das aus Wildfleisch und Reis bestand. Sie unterhielten sich lange über den alten Mann und die Träume, über die Magie und die Sucher und ihre Pläne für die Zukunft. Sie stritten sich nicht, kamen aber auch zu keiner Entscheidung.

Der dritte Tag brachte Wolken, und als der Abend hereinbrach, regnete es. Sie saßen vor dem Feuer, das im großen steinernen Herd vor ihnen brannte, und übten sich lange Zeit im Geschichtenerzählen, wobei sie sich besonders mit den unbekannteren Sagen beschäftigten und versuchten, die Bilder aus Pars Liedern und die Worte aus Colls Geschichten in Übereinstimmung zu bringen.

Am vierten Tag kam Morgan zurück. Es war bereits Spätnachmittag, als die Brüder vor dem Feuer saßen, plötzlich die Tür aufging und er vor ihnen stand. Es hatte den ganzen Tag über nicht aufgehört zu regnen, und der Hochländer war völlig durchnäßt. Das Wasser tropfte auf den Boden, als er seinen Rucksack und seine Waffen ablegte und die Tür hinter sich zuzog. »Schlechte Neuigkeiten«, sagte er sofort. Sein rostfarbenes Haar klebte an seinem Kopf, und das Regenwasser glitzerte auf seinen wie gemeißelten Backenknochen.

Par und Coll erhoben sich langsam von ihrer Arbeit.

»Ihr könnt auf keinen Fall ins Vale zurückkehren«, sagte Morgan ruhig. »Die Föderationssoldaten sind überall. Ich konnte nicht mit Sicherheit feststellen, ob auch Sucher dort sind, aber es würde mich nicht im geringsten überraschen. Das Dorf steht ›unter dem Schutz der Föderation‹ – das ist ihre Bezeichnung für gewaltsame Besetzung. Zweifellos warten sie auf euch. Ich habe nicht viele Fragen gebraucht, um das herauszufinden; es ist kein Geheimnis. Eure Eltern stehen unter Hausarrest. Ich glaube, es geht ihnen gut, aber ich konnte es nicht wagen, sie aufzusuchen. Das hätte zu viele Fragen nach sich gezogen.« Er holte tief Luft. »Irgend jemand will euch ernsthaft an den Kragen, meine Freunde.«

Par und Coll sahen einander an und versuchten gar nicht ihre Angst zu verbergen. »Was sollen wir jetzt machen?« fragte Par leise.

»Ich habe auf dem ganzen Weg darüber nachgedacht«, antwortete Morgan. Er streckte die Hand aus und legte sie auf Pars Schulter. »Wenn ich jetzt sage ›wir‹, dann meine ich ›wir‹, weil ich das Gefühl habe, daß ich jetzt zu euch gehöre.« Sein Griff wurde stärker. »Wir gehen nach Osten und suchen Walker Boh.«

# 6

Morgan Leah konnte sehr bestimmend sein, wenn er wollte, und das erfuhren Par und Coll im regenverhüllten Hochland auch in dieser Nacht.

Er hatte sich die Sache offenbar reiflich überlegt, und seine Schlußfolgerung war dementsprechend wohl durchdacht. Er behauptete schlichtweg, sie hätten die Wahl. Es dauerte nicht lange, bis er sich seiner nassen Kleider entledigt und abgetrocknet hatte und die Brüder mit Bier und Brot im Schneidersitz vor dem wärmenden Feuer saßen und seinen Ausführungen lauschten.

Er begann mit den bekannten Tatsachen. Sie wußten, daß sie nicht nach Shady Vale zurückkehren konnten – weder jetzt noch in naher Zukunft. Ebenso wenig konnten sie nach Callahorn zurückkehren. Eigentlich konnten sie so gut wie nirgendwo hingehen, wo man sie hätte vermuten können, denn da die Föderation so viel Zeit und Mühe aufgewandt hatte, sie so weit zu verfolgen, würde sie jetzt von ihrer Suche kaum ablassen. Felsen-Dall war als hartnäckiger Sucher bekannt. Er hatte ihre Verfolgung persönlich übernommen, und er würde so leicht nicht aufgeben. Die Sucher würden überall dort, wo die Föderation herrschte, nach ihnen suchen – und ihr Herrschaftsgebiet war riesengroß. Par und Coll konnten sich praktisch als Geächtete betrachten.

Wie sollten sie sich also verhalten? Da sie nirgendwohin gehen konnten, wo man sie vermutet hätte, mußten sie dorthin gehen, wo man sie nicht vermutete. Natürlich war der Trick dabei, nicht einfach irgendwohin zu gehen, sondern dorthin, wo sie gleichzeitig etwas erreichen konnten.

»Ihr könntet natürlich hier bleiben, wenn ihr wolltet, und würdet wer weiß wie lange nicht entdeckt werden, weil die Föderation niemals auf die Idee käme, hier im Hochland nach euch zu suchen.« Morgan zuckte die Schultern. »Es könnte sogar ganz lustig werden. Aber was würdet ihr damit erreichen? Zwei Monate, vier Monate, wie lang auch immer – ihr wärt immer noch Geächtete, könntet immer noch nicht nach Hause gehen, und nichts hätte sich geändert. Das können wir also streichen, oder? Ich schlage vor, daß ihr selbst aktiv werdet. Es wäre sinnlos, einfach nur dazusitzen und darauf zu warten, daß sich die Dinge ändern; ihr müßt selbst etwas tun.«

Was er damit sagen wollte, war, daß sie versuchen sollten, das Rätsel der Träume zu lösen. An der Tatsache, daß sie von der Föderation verfolgt wurden, daß die Soldaten Shady Vale besetzt hielten und daß sie jetzt Geächtete waren, konnten sie nichts ändern. Eines Tages würde sich all das vielleicht ändern, aber ganz sicher nicht in der nahen Zukunft. Die Träume waren dagegen eine Sache, mit der sie sich aktiv auseinandersetzen konnten. Falls sie sie wirklich für wichtig hielten, mußten sie ihnen nachgehen. Der alte Mann hatte ihnen mitgeteilt, daß sie in der ersten Nacht des neuen Mondes am Hadeshorn erwartet würden. Sie hatten sich bisher aus zwei guten Gründen dagegen gesträubt. Erstens wußten sie nicht genügend über die Träume, um zu wissen, ob sie wahr waren oder nicht, und zweitens waren sie nur zu zweit und würden sich damit möglicherweise in große Gefahr begeben.

»Warum also nicht etwas tun, das diese Ungewißheit lindert?« endete Morgan. »Warum nicht nach Osten gehen und Walker Boh suchen? Der alte Mann hat doch behauptet, daß Walker Boh die Träume ebenfalls geschickt wurden. Wäre es nicht vernünftig, ihn zu fragen, was er von den Träumen hält? Der alte Mann wollte auch mit ihm reden. Und selbst wenn er das nicht getan hat, wäre es interessant, die Meinung Walker Bohs zu hören. Ich muß zugeben, ich habe euren Onkel immer für einen komischen Kauz gehalten, aber dumm ist er ganz bestimmt nicht. Und die

Geschichten über ihn kennen wir alle. Sollte er tatsächlich immer noch einen Teil der Shannara-Magie besitzen, hätten wir jetzt die Möglichkeit, es herauszufinden.« Er nahm einen großen Schluck, lehnte sich vor und deutete mit dem Finger auf sie. »Falls Walker Boh an die Träume glaubt und sich entschließt, das Hadeshorn aufzusuchen, dann bekämt ihr vielleicht ebenfalls Lust hinzugehen. Dann wären wir schon zu viert. Wer uns dann etwas anhaben wollte, müßte es sich zweimal überlegen.« Er hob die Schultern. »Selbst wenn ihr euch entschließen solltet, nicht zu gehen, hättet ihr wenigstens eure Neugier befriedigt, anstatt hier oder anderswo einfach nur herumzusitzen. Es müßte doch mit dem Teufel zugehen, wenn die Föderation euch im Anar suchen würde! Das ist der letzte Ort, an dem sie euch vermuten werden.« Er nahm noch einen Schluck sowie ein Stück frisches Brot und blickte sie an. Sie bemerkten wieder den Ausdruck in seinen Augen, der verriet, daß er etwas wußte, das sie nicht wußten, und er schien sich köstlich darüber zu amüsieren. »Nun?« sagte er schließlich.

Die Brüder schwiegen. Par dachte an seinen Onkel und erinnerte sich an die Geschichten über Walker Boh, die man sich hinter vorgehaltener Hand erzählte. Er war ein selbsternannter Gelehrter des Lebens, der behauptete, Visionen zu haben; er blieb dabei, daß er Dinge sehen und spüren konnte, die andere nicht sehen und spüren konnten. Es gab Gerüchte, die besagten, daß er eine unbekannte Art von Zauberkraft besaß. Irgendwann hatte er das Vale verlassen und war ins Ostland gezogen. Das war vor fast zehn Jahren gewesen. Obwohl Par damals noch ein Kind gewesen war, erinnerte er sich gut daran.

Plötzlich räusperte sich Coll, rutschte nach vorn und schüttelte den Kopf. Par war sicher, daß sein Bruder Morgan erklären würde, wie lächerlich seine Idee sei, doch statt dessen fragte er: »Und wie finden wir Walker?«

In einem kurzen Augenblick der Verwunderung sah Par zu Morgan und Morgan zu Par. Beide hatten erwartet, daß Coll sich einem solch unerhörten Plan widersetzen und ihn als tollkühn abtun würde. Aber damit hatten sie nicht gerechnet.

Coll bemerkte die Blicke der beiden und sagte: »An eurer Stelle würde ich meine Gedanken nicht laut aussprechen. Keiner von euch kennt mich so gut, wie er mich zu kennen glaubt. Wer gibt mir also eine Antwort auf meine Frage?«

Morgan unterdrückte schnell ein Schuldgefühl. »Zuerst gehen wir nach Culhaven. Ich habe dort einen Freund, der uns sicher sagen kann, wo Walker sich aufhält.«

»Culhaven?« fragte Coll mißbilligend. »Culhaven ist föderationsbesetztes Land.«

»Aber trotzdem sind wir dort sicher«, beharrte Morgan. »Die Föderation sucht dort ganz bestimmt nicht nach euch, und wir halten uns ja höchstens einen oder zwei Tage dort auf. Wir werden uns sowieso nicht allzu oft in der Öffentlichkeit zeigen.«

»Und unsere Familien? Sie werden sich bestimmt Sorgen um uns machen.«

»Meine nicht. Mein Vater ist daran gewöhnt, daß er mich wochenlang nicht zu Gesicht bekommt. Er ist davon überzeugt, daß ich unzuverlässig bin. Und für Jaralan und Mirianna ist es besser, wenn sie nicht wissen, wo ihr seid. Ganz zweifellos machen sie sich auch so schon genug Sorgen.«

»Was ist mit Wren?« fragte Par.

Morgan schüttelte den Kopf. »Ich weiß nicht, wie wir Wren finden können. Wenn sie immer noch bei den Fahrenden ist, kann sie überall und nirgends sein.« Er hielt inne. »Außerdem weiß ich nicht, welche Hilfe Wren für uns sein könnte. Sie war ein kleines Mädchen, als sie das Vale verließ, Par. Uns bleibt keine Zeit, beide zu finden. Walker Boh scheint mir da vielversprechender.«

Par nickte langsam. Mit unsicherem Blick blickte er Coll an, und Coll gab seinen Blick zurück. »Was meinst du?«

Coll seufzte. »Ich meine, wir hätten in Shady Vale bleiben sollen. Ich glaube, wir hätten im Bett bleiben sollen.«

»Ach komm, Coll Ohmsford!« rief Morgan scherzhaft aus. »Denk an das Abenteuer! Ich verspreche, daß ich auf dich aufpasse.«

Coll sah Par an. »Muß ich mich jetzt sicher fühlen?«

Par atmete tief ein. »Ich bin dafür, wir gehen.«

Coll warf ihm einen eindringlichen Blick zu und nickte. »Also gut, was haben wir schon zu verlieren?«

Die Sache war also entschieden. Wenn er später daran zurückdachte, wußte er, daß er im Grunde genommen nicht überrascht war. Schließlich war alles eine Frage der Entscheidung, und egal, wie man es sah, die anderen Möglichkeiten boten wenig, das für sie sprach.

Den nächsten Morgen verbrachten sie damit, Vorräte aus der Vorratskammer für die Reise zusammenzupacken. Die Brüder fanden Waffen, Decken, Mäntel und Ersatzkleidung, die ihnen zum Teil ganz gut paßte. Sie packten gepökeltes Fleisch, Gemüse und Obst sowie Käse und Butter ein, des weiteren Kochgeräte und Medikamente. Sie versorgten sich mit allem, was sie brauchten, da in der Hütte alles reichlich vorhanden war. Gegen Mittag waren sie soweit, daß sie sich auf den Weg machen konnten.

Als sie das Haus verließen und die Tür hinter sich verriegelten, traten sie in einen grauen, wolkenverhangenen Tag hinaus; der Regen war in ein Nieseln übergegangen, der Boden unter ihren Füßen nicht mehr fest und staubig, sondern feucht und nachgiebig wie ein Schwamm. Sie machten sich wieder auf den Weg zum Regenbogensee, den sie vor Einbruch der Dunkelheit zu erreichen hofften. Morgans Plan für dic erste Etappe der Reise war einfach. Sie würden diesmal mit dem Boot, das die Brüder an der

Mündung des Rappahalladran zurückgelassen hatten, am südlichen Ufer entlangsegeln und zwar in ausreichender Entfernung vom Tiefland von Clete, den Schwarzen Eichen und dem Nebelsumpf, den Gebieten, die Gefahren bargen, denen man am besten aus dem Weg ging. Am gegenüberliegenden Seeufer wollten sie den Silberfluß erreichen und seinem Lauf bis nach Culhaven folgen.

Der Plan war gut, wenn auch nicht problemlos. Morgan hätte es vorgezogen, den Regenbogensee im Schutz der Dunkelheit zu überqueren, mit dem Mond und den Sternen als Wegweiser. Aber als sich der Tag dem Ende zuneigte und der See in Sicht kam, zeigte es sich, daß die Nacht ohne Mond und Sterne bleiben und ihnen demzufolge kein Licht den Weg weisen würde. Falls sie versuchten, den See unter diesen Bedingungen zu überqueren, mußten sie sich darauf gefaßt machen, daß sie zu weit nach Süden abtrieben und schließlich doch noch den Gefahren in die Arme liefen, die sie zu umgehen gehofft hatten.

Sie beschlossen deshalb, am Ufer zu bleiben. Nachdem sie sich vergewissert hatten, daß ihr Boot immer noch seetüchtig war, verbrachten sie ihre erste Nacht auf einem kalten, durchnäßten Lagerplatz in der Nähe des Seeufers und träumten von angenehmeren Zeiten. Der Morgen brachte einen gewissen Wetterumschwung. Es hörte auf zu regnen und wurde wärmer, doch die Wolken und der vom See aufsteigende Nebel hüllten den See von einem Ende bis zum anderen völlig ein.

Unsicher schauten Par und Coll sich um.

»Er wird sich verziehen«, versicherte ihnen ein ungeduldiger Morgan.

Sie stießen das Boot ins Wasser und ruderten so lange, bis sie im aufkommenden Wind ihr Behelfssegel hissen konnten. Die Wolken stiegen in die Höhe, und der Himmel klärte ein wenig auf, aber der Nebel blieb auch weiterhin wie Schafswolle auf der

Wasseroberfläche liegen und deckte alles mit einem undurchdringlichen Schleier zu. Selbst der Mittag und der Nachmittag brachten keine Veränderung, und schließlich mußte sogar Morgan zugeben, daß er jede Orientierung verloren hatte.

Beim Anbruch der Dunkelheit befanden sie sich immer noch auf dem See, und schon bald war die Nacht um sie herum kohlrabenschwarz. Der Wind legte sich, und das Boot schaukelte in der Stille. Sie beschlossen zu essen, nicht etwa, weil sie besonders hungrig waren, sondern weil sie essen mußten. Danach versuchten sie abwechselnd zu schlafen.

»Erinnerst du dich an die Geschichten von Shea Ohmsford und an das Wesen, das im Nebelsumpf hauste?« flüsterte Coll Par irgendwann zu. »Ich wäre keineswegs überrascht, wenn wir heute nacht herausfinden würden, ob das alles wahr war!«

Die lautlose Nacht, der ein bevorstehendes Unheil anzuhaften schien, verstrich nur langsam. Sie verging jedoch ohne Zwischenfälle, und am Morgen hob sich der Nebel, der Himmel hellte sich auf, und die Freunde stellten erfreut fest, daß sie sich sicher in der Mitte des Sees befanden und nur die Spitze ihres Bootes nach Norden wies. Erleichtert neckten sie sich gegenseitig ob ihrer Angst, drehten das Boot nach Osten und wechselten sich beim Rudern ab, während sie auf eine Brise warteten. Schon bald verzog sich der Nebel vollständig, die Wolken rissen auf, und sie sichteten das Südufer des Regenbogensees. Gegen Mittag erhob sich eine Brise aus nordöstlicher Richtung, so daß sie ihre Ruder verstauen und Segel setzen konnten.

Die Zeit verstrich, und das Boot segelte nach Osten. Das Tageslicht wich bereits der hereinbrechenden Dunkelheit, als sie schließlich das andere Seeufer erreichten und ihr Boot in einer baumgeschützten Bucht in der Nähe der Mündung des Silberflusses an Land zogen. Sie verbargen das Boot im Schilf, befestigten es sorgfältig mit Tauen und machten sich auf den Weg landeinwärts. Die Sonne war jetzt beinahe untergegangen, und der Himmel nahm eine rosarote Farbe an, während sich im schwächer werdenden Licht eine neue Mischung aus tiefhängenden Wolken und Nebelschwaden abzeichnete. Es war immer noch ruhig im Wald. Sie hörten, wie der Fluß träge an seine Ufer schwappte. Sie fühlten sich von Schatten umgeben, die Bäume drängten sich scheinbar enger aneinander, und das Licht wurde schwächer und schwächer. Bereits nach kurzer Zeit hatte die Dunkelheit sie vollständig eingehüllt.

Sie sprachen kurz über den König des Silberflusses.

»Aus und vorbei wie die ganze Magie«, erklärte Par, während er sich vorsichtig auf dem aufgeweichten Pfad vorwärtsbewegte. In dieser Nacht war die Sicht etwas besser, wenn auch nicht so gut, wie sie es sich gewünscht hätten; der Mond und die Sterne spielten mit den Wolken Verstecken. »Aus und vorbei wie die Druiden, die Elfen – wie alles, außer den Geschichten.«

»Vielleicht auch nicht«, wandte Morgan ein. »Einige behaupten immer wieder, sie hätten ihn gesehen, einen alten Mann mit einer Laterne, der ihnen den Weg weist und sie beschützt, obwohl sie natürlich zugeben, daß seine Macht nicht mehr das ist, was sie einmal war. Er erhebt nur Anspruch auf den Fluß und einen kleinen Teil des angrenzenden Landes. Der Rest gehört uns.«

»Der Rest gehört der Föderation, genau wie alles andere!« schnaubte Coll.

Morgan versetzte einem Stück Holz einen Fußtritt, daß es wirbelnd durch die Nacht flog. »Ich kenne einen Mann, der behauptet, mit dem König des Silberflusses gesprochen zu haben, einen Trommler, der im Hochland und im Anar allerlei Waren verkauft. Er durchquert dieses Gebiet ständig, und einmal, als er sich im Tiefland von Battle Mound verirrt hat, ist, so hat er erzählt, der alte Mann mit seiner Laterne aufgetaucht und hat ihn auf den rechten Weg zurückgebracht.« Morgan schüttelte den Kopf. »Ich habe nie gewußt, ob ich ihm glauben kann oder nicht.«

»Ich glaube nicht, daß es ihn noch gibt«, sagte Par, der plötzlich eine traurige Sicherheit in sich aufsteigen fühlte. »Die Magie kann nicht von Dauer sein, wenn sie nicht ausgeübt wird und man nicht daran glaubt. Der König des Silberflusses kam weder in den Genuß des einen noch des anderen. Er ist nur noch eine Legende, an die keiner außer dir und Coll und mir und vielleicht ein paar anderen glaubt.«

»Wir Ohmsfords glauben einfach alles«, bemerkte Coll ruhig.

Schweigend gingen sie weiter auf dem Pfad, der sich nach Osten schlängelte, und lauschten den Geräuschen der Nacht. Sie wußten, daß sie Culhaven in dieser Nacht nicht mehr erreichen würden, aber da sie noch nicht Halt machen wollten, marschierten sie einfach weiter, ohne auch nur ein Wort darüber zu verlieren. Je weiter sie landeinwärts vordrangen, in den unteren Anar, desto dichter wurde der Wald, und das Unterholz ließ den Pfad immer schmäler werden.

»Der Weg nach Culhaven ist auch nicht mehr das, was er einmal war«, murmelte Morgan irgendwann.

Par und Coll wußten darauf nichts zu erwidern, da keiner von beiden je im Anar gewesen war. Sie sahen einander an und schwiegen.

Plötzlich wurde der Pfad von einigen umgefallenen Bäumen versperrt. Ein zweiter Pfad führte vom Fluß weg in den dichten Wald hinein. Morgan entschied sich nach kurzem Zögern, den Weg auf diesem Pfad fortzusetzen. Die Baumkronen und Äste bildeten ein Dach über ihnen, das das Mondlicht nur schwach durchscheinen ließ; die drei Freunde waren deshalb gezwungen, sich ihren Weg mühsam zu ertasten. Wieder murmelte Morgan, diesmal so leise, daß die anderen beiden es nicht verstehen konnten, aber der Ton in seiner Stimme war unmißverständlich. Da ihnen jetzt tief herunterhängende Äste und Zweige ins Gesicht schlugen, mußten sie gebückt weitergehen. Der Wald um sie herum strömte mit einemmal einen Geruch der Verwesung aus. Par versuchte, den durchdringenden Gestank nicht einzuatmen. Er wollte sein Tempo beschleunigen, um Morgan einzuholen; aber dieser lief so schnell, wie er nur konnte.

»Es riecht, als ob hier etwas gestorben wäre«, flüsterte Coll hinter Par.

Plötzlich fiel es Par wieder ein. Er erinnerte sich an den Geruch, der die Hütte der Waldfrau umgeben hatte, die nach Aussage des alten Mannes ein Schattenwesen gewesen war. Der Geruch, der ihm hier in die Nase stieg, war genau der gleiche.

Im nächsten Augenblick traten sie aus dem Dickicht des Waldes auf eine Lichtung, die von toten Baumstämmen kreisförmig umgeben und mit fauligem Laub und herumliegenden Knochen bedeckt war. Ein stehender Tümpel blubberte in der Mitte der Lichtung und erinnerte an einen großen Kessel, unter dem ein Feuer brannte. Großäugige Aasfresser starrten ihnen aus der Dunkelheit entgegen.

Die Freunde blieben unschlüssig stehen.

»Morgan, das ist genau so wie...«, setzte Par an, hielt jedoch plötzlich inne.

Das Schattenwesen, das lautlos zwischen den Bäumen hervorgetreten war, stand jetzt direkt vor ihnen. Par zweifelte keine Sekunde lang daran, was es war; er wußte es ganz instinktiv. Skepsis und Zweifel, die jahrelange Ungewißheit, ob Schattenwesen das waren, was vernünftige Menschen glaubten, nämlich Gerüchte und Ammenmärchen, waren augenblicklich verschwunden. Vielleicht war es die Warnung des alten Mannes, die er im Geiste zu hören glaubte und die seine Bekehrung bewirkte. Vielleicht war es aber auch nur der Anblick dieses Wesens. Es spielte keine Rolle, was es war, denn die Wirklichkeit war furchtbar und unvergeßlich.

Dieses Schattenwesen war vollkommen neu. Es war ein riesengroßes, watschelndes Etwas mit menschlichen Zügen, jedoch mindestens zweimal so groß wie ein Mensch, dabei kauernd und mit hängenden Schultern wie ein Gorilla, dessen Körper über und über mit zottigem, struppigem Haar bedeckt war und dessen riesige Gliedmaßen in Krallen ausliefen. Aus dem Haar lugte ein runzliges und zerknittertes Gesicht hervor, das man kaum als menschlich bezeichnen konnte. Verfaulte Stumpen ragten aus seinem Maul, und seine Augen, die zwischen ledrigen Hautfalten lagen, leuchteten wie Feuer. Dieses einfältig wirkende Scheusal stand jetzt dicht vor ihnen und betrachtete sie eindringlich.

»Oho«, sagte Morgan leise.

Das Schattenwesen machte einen Schritt auf sie zu. »Was macht ihr hier?« Es sprach mit einer schnarrenden Stimme, die von ganz tief innen an ihre Ohren drang.

»Wir haben den falschen...«, fing Morgan an.

»Ihr habt mein Land betreten«, unterbrach ihn das Schattenwesen unfreundlich, wobei seine Zähne bedrohlich klapperten. »Ihr macht mich wütend. Ich werde einen von euch zur Entschädigung behalten. Gebt mir einen von euch!«

Die drei Freunde warfen einander Blicke zu. Sie wußten, daß es für sie nur einen Ausweg gab. Diesmal konnten sie nicht darauf hoffen, daß ein alter Mann ihnen zu Hilfe eilte. Sie mußten es aus eigener Kraft schaffen.

Morgan griff nach hinten und zog das Schwert von Leah aus der Scheide. Die blitzende Klinge spiegelte sich schwach in den Augen des Ungeheuers wider. »Entweder du läßt uns hier passieren...«, begann er.

Er konnte den Satz nicht zu Ende führen, denn das Schattenwesen stürzte sich mit einem Schrei auf ihn. Trotzdem gelang es dem Hochländer, die Klinge noch rechtzeitig zu ziehen, um die Kreatur aus dem Gleichgewicht zu bringen, so daß sie zur Seite fiel und ihr Angriff mißlang. Coll hieb mit dem kurzen Schwert auf sie ein, das er bei sich trug, und Par traf sie mit der Zauberkraft des Wunschlieds, indem er einen Schwarm von Insekten heraufbeschwor.

Mit zornigem Gebrüll kam das Schattenwesen wieder auf die Beine, um sofort auf sie zuzustürzen. Es versetzte Morgan, noch bevor dieser zur Seite springen konnte, einen schmerzenden Schlag, und er fiel zu Boden. Als das Schattenwesen sich umdrehte, schlug Coll mit dem Schwert so heftig auf es ein, daß er einen Arm über dem Ellbogen durchtrennte. Das Schattenwesen taumelte, griff aber sofort nach seinem abgetrennten Arm und wich dann zurück. Ganz vorsichtig setzte es seinen Arm an der Schulter an. Plötzlich nahmen sie eine Bewegung wahr, Sehnen und Muskeln und Knochen wanden sich in schlangenartigen Bewegungen. Der Arm war wieder festgewachsen.

Das Schattenwesen zischte voll Vergnügen. Dann kam es wieder auf sie zu.

Par versuchte seine Bewegungen durch die Beschwörung von Wölfen zu verlangsamen, doch das Schattenwesen nahm sie kaum wahr. Es prallte so heftig mit Morgan zusammen, daß dieser nach hinten fiel. Er wäre höchstwahrscheinlich verloren gewesen, hätten nicht die Ohmsfords sich auf die Bestie gestürzt und sie zu Boden geworfen. Es gelang ihnen jedoch nicht, sie länger als einen Augenblick am Boden zu halten. Sie bäumte sich auf, befreite sich aus ihrem Griff und schleuderte sie von sich weg. Einer der riesigen Arme traf Par im Gesicht, sein Kopf flog zurück, und vor seinen Augen flimmerten tausend Sterne. Er versuchte wieder auf die Beine zu kommen und hörte Colls Warnschrei. Er zwang sich aufzustehen und versuchte verzweifelt, seine Benommenheit abzuwerfen.

Das Schattenwesen war vor ihm, seine Krallen streckten sich nach ihm aus. Coll lag ein paar Schritte zu seiner Linken unter einem Baum. Von Morgan fehlte jede Spur. Par bewegte sich langsam rückwärts. Es blieb ihm jetzt keine Zeit für Magie. Die Bestie war schon zu nah. Plötzlich spürte er die rauhe Rinde eines Baumstamms in seinem Rücken.

Dann war plötzlich Morgan wieder da, der aus der Dunkelheit kam und sich mit dem Schrei »Leah, Leah« auf das Schattenwesen stürzte. Sein Gesicht und seine Kleidung waren blutbespritzt, und seine Augen funkelten vor Zorn und Entschlossenheit. Er ließ das leuchtende Schwert von Leah in einem Bogen niedersausen – und etwas Wundersames geschah. Das Schwert traf das Schattenwesen und sprühte Flammen.

Par blinzelte und hob einen Arm schützend vor sein Gesicht. Nein, dachte er, das ist kein Feuer, das ist Magie!

Das Schattenwesen versteifte sich und stieß einen Schrei des Entsetzens aus. Die Zauberkraft des Schwertes von Leah fuhr in seinen Körper und durchtrennte ihn gleich einem Rasiermesser. Das Schattenwesen erzitterte, sank scheinbar in sich zusammen, verlor seine Konturen und löste sich schließlich in nichts auf.

Im gleichen Augenblick senkte sich Dunkelheit über das Schwert von Leah. Plötzliche Stille herrschte. Rauchschwaden erhoben sich von der kleinen Lichtung. Der Tümpel blubberte noch einmal, bevor die Stille sich auch über ihn senkte.

Morgan Leah fiel auf die Knie, das Schwert sank zu Boden.

Par war sogleich an seiner Seite und kniete neben ihm. Das Gesicht des Hochländers war blutverschmiert. »Die Zauberkraft steckt immer noch in ihm, Morgan«, flüsterte er, ganz aufgeregt darüber, daß so etwas möglich war. »Niemand hat es gewußt, aber die Zauberkraft steckt immer noch in ihm!«

Morgan sah ihn verständnislos an.

»Begreifst du nicht? Die Zauberkraft hat seit Allanons Zeiten darin geschlummert! Sie wurde nicht gebraucht! Erst eine andere Zauberkraft konnte sie wieder wecken! Es bedurfte einer Bestie wie des Schattenwesens!«

Coll schleppte sich zu ihnen herüber. Einer seiner Arme hing schlaff herunter. »Ich glaub', der ist gebrochen«, murmelte er.

Er war zwar nicht gebrochen, aber doch so stark verletzt, daß Par es für besser hielt, ihn für ein paar Tage zu schienen. Sie wuschen sich, verbanden ihre Wunden und standen sich dann schweigend gegenüber.

»Der alte Mann hat uns gesagt, daß viele Dinge hinter uns her sein würden«, flüsterte Par endlich.

»Ich bin mir nicht sicher, ob das Ding hinter uns her war oder ob wir bloß darüber gestolpert sind.« Colls Stimme war rauh. »Ich bin mir nur sicher, daß ich so einem Kerl nie wieder begegnen möchte.«

»Wenn wir dennoch einem begegnen sollten«, sagte Morgan leise, »wissen wir jetzt, wie wir damit fertig werden.« Er streichelte die Klinge des Schwertes von Leah.

## 7

Sie setzten ihren Weg nach Culhaven fort, entschlossen, die ganze Nacht und, wenn notwendig, einen weiteren Tag zu marschieren, anstatt in diesem Wald noch einen Augenblick länger zu bleiben. Sie waren zum großen Weg zurückgekehrt, dort, wo er sich parallel zum Silberfluß nach Osten wandte. Als sie so dahingingen, einerseits vorwärtsgetrieben von ihrer Angst, andererseits gelähmt von Müdigkeit, wanderten ihre Gedanken wie grasende Rinder zu grüneren Weiden, und Par Ohmsford mußte an die Lieder denken.

Er erinnerte sich an die Legenden, die besagten, daß die Macht des Schwertes von Leah im wahrsten Sinne des Wortes zweischneidig war. Allanon hatte dem Schwert zu Zeiten Brin Ohmsfords Zauberkraft verliehen, als er mit dem Mädchen aus dem Vale und ihrem Beschützer Rone Leah, Morgans Vorfahren, nach Osten gereist war. Der Druide hatte das Schwert in die verbotenen Wasser des Hadeshorns getaucht und sein Wesen damit für immer verändert. Es war von da an mehr als nur eine einfache Klinge; es wurde zum magischen Schwert, das selbst den Mordgeistern widerstehen konnte. Aber die Magie war wie alle alten Magien; sie war sowohl Segen als auch Fluch. Seine Macht machte süchtig, machte den Besitzer in immer größerem Maße abhängig. Brin Ohmsford hatte die Gefahr erkannt, aber Rone Leah ließ ihre Warnung unbeachtet. Während ihrer letzten Auseinandersetzung mit der dunklen Magie hatte nur die Macht von Jair und ihre eigene sie gerettet und dafür gesorgt, daß die Zauberkraft des Schwertes nicht mehr benötigt wurde. Niemand wußte, was mit dem Schwert danach geschehen war – man wußte nur, daß es nicht mehr gebraucht und deshalb auch nicht mehr benutzt wurde.

Bis jetzt. Und jetzt schien es so, als sei es Pars Pflicht, Morgan vor den Gefahren zu warnen, die mit dem Gebrauch der Zauberkraft des Schwertes verbunden waren. Aber wie sollte er das anstellen? Morgan Leah war neben Coll sein bester Freund, und seine Zauberkraft, um die Par ihn so beneidete, hatte ihnen eben das Leben gerettet! Schuldgefühle plagten ihn, sobald er an die Eifersucht in seinem Inneren dachte. Wie konnte er Morgan erklären, daß er die Zauberkraft nicht anwenden sollte?

Der Kampf in seinem Inneren dauerte nicht lange. Er konnte sein Unbehagen und seine Erinnerung an den Atem der Bestie, den er über sich gespürt hatte, einfach nicht aus seinem Gedächtnis verbannen. Er beschloß, ruhig zu sein. Vielleicht bestand gar keine Notwendigkeit, überhaupt darüber zu sprechen. Sollte es doch notwendig werden, konnte er immer noch reden.

In dieser Nacht sprachen sie nur wenig, und wenn, dann über die Schattenwesen. Ihre Zweifel an der Existenz dieser Wesen waren endgültig beseitigt. Selbst Coll ließ keine ironischen Bemerkungen mehr fallen, wenn er von der Bestie sprach, die sie angegriffen hatte. Doch die Gewißheit brachte noch keine neuen Erkenntnisse. Die Schattenwesen blieben weiterhin ein Rätsel. Sie wußten weder, woher noch warum sie kamen. Falls die Bestien hinter ihnen her waren, wußten sie nicht, wie sie sich dagegen wehren sollten. Sie wußten nur, daß der alte Mann recht gehabt hatte, als er sie zur Vorsicht ermahnt hatte.

Kurz nach Sonnenaufgang erreichten sie Culhaven. Müde traten sie aus dem Schatten des Waldes in das Halblicht des neuen Tages hinaus. Wolken bedeckten den östlichen Himmel und hüllten die am Boden kauernde Zwergenstadt in ein frostiges Gewand. Die Gefährten blieben stehen, reckten sich, gähnten, sahen sich um. Sie gewahrten eine Ansammlung von Hütten, aus deren Schornsteinen sich der Rauch zum Himmel erhob, sowie Schuppen und kleine Gehege, in denen Tiere eingepfercht waren. Gemüsegärten machten dem überall wuchernden Unkraut die Erde streitig.

Frauen schlurften aus den Türen. Alle sahen auf die gleiche Weise zerlumpt und ungepflegt aus. In den Höfen, auf den Wegen spielten Kinder, die so zottig aussahen wie Bergschafe.

Morgan bemerkte die Blicke, mit denen Par und Coll die vor ihnen liegende Stadt anstarrten. »Das Culhaven, das ihr kennt, kennt ihr nur aus euren Geschichten. Aber das ist längst Vergangenheit. Ich weiß, ihr seid müde, aber da ihr nun schon mal hier seid, müßt ihr euch einige Dinge anschauen.« Er führte sie zur Stadt.

Die Häuser sahen mit jedem Schritt verkommener aus. Der

Weg war seit ewigen Zeiten nicht mehr hergerichtet worden und bestand aus Löchern, die mit Abfällen und Steinen gefüllt waren. Die Frauen, die ihren alltäglichen Arbeiten nachgingen, warfen den Fremden, die an ihnen vorbeigingen, argwöhnische Blicke zu, aus denen Mißtrauen und Angst sprach.

»Culhaven, die schönste Stadt im ganzen Ostland, das Herz und die Seele des Zwergenvolkes«, sagte Morgan leise. »Ich kenne die Geschichten. Culhaven galt einst als Heiligtum, als Stätte der feinen Lebensart, als Wahrzeichen dessen, was durch Leistung erarbeitet wird.«

Einige Kinder liefen auf sie zu und bettelten um Geld. Freundlich schüttelte Morgan den Kopf, strich dem einen oder anderen übers Haar und ging weiter.

Sie bogen in eine Gasse ein, die zu einem Bach hinunterführte, der durch Müll verstopft war. Die an seinen Ufern hin- und herlaufenden Kinder stocherten mit ihren Stöcken im vorbeitreibenden Unrat. Ein Übergang brachte sie auf die andere Seite. Alles um sie herum verströmte einen fauligen Geruch.

»Wo sind die Männer?« fragte Par.

Morgan sah ihn an. »Die glücklichen unter ihnen sind tot. Die anderen sind in den Minen oder Arbeitslagern. Aus diesem Grund sieht hier alles so aus, wie es aussieht. In dieser Stadt gibt es nur noch Kinder, alte Leute und ein paar Frauen.« Er blieb stehen. »Und so ist es hier seit fünfzig Jahren. Dafür hat die Föderation gesorgt.«

Er führte sie durch eine enge Gasse zu einer Reihe von Hütten, die einen sehr viel gepflegteren Eindruck machten. Diese Heime waren frisch gestrichen, die Gärten und Rasen mustergültig. Hier war alles hell und neu und sauber.

Morgan führte sie eine Böschung hinauf zu einem kleinen Park, wo sie sich vorsichtig einem kleinen Tannenwäldchen näherten. »Seht ihr die dort?« fragte er und deutete auf die wenigen gepflegten Hütten. Par und Coll nickten. »Dort leben die hier stationierten Föderationssoldaten und Beamten. Die jüngeren Zwergenfrauen müssen für sie arbeiten. Die meisten müssen sogar mit ihnen leben.« Er warf ihnen einen vielsagenden Blick zu.

Sie verließen den Park und gingen einen Abhang hinunter, der zur Mitte der Ansiedlung führte. Läden und Geschäfte verdrängten jetzt die Häuser, und Fußgänger füllten die Straßen. Die Zwerge, die sie hier zu Gesicht bekamen, waren damit beschäftigt, zu kaufen und zu verkaufen, aber es waren nur wenige und auch hier meist alte. Die Straßen waren mit Fremden bevölkert, die hier Handel betrieben. Und die Soldaten der Föderation waren allgegenwärtig.

Morgan drängte die Brüder weiter, dorthin, wo sie unbemerkt bleiben würden; er zeigte ihnen alles Mögliche, und seine Stimme war bitter. »Dort drüben, das ist die Silberbörse. Man zwingt die Zwerge, das Silber aus den Minen zu fördern, wobei sie die meiste Zeit unter Tage verbringen – ihr wißt, was das heißt –, es dann zu Föderationspreisen zu verkaufen und den größten Teil ihrer Gewinne an ihre Herren abzuliefern. Und die Tiere gehören ebenfalls der Föderation. Für die Zwerge wird alles streng rationiert. Dort, das ist der Markt. Alles Gemüse und Obst wird von den Zwergen angebaut und verkauft, und der Gewinn fällt zu einem großen Teil ebenfalls an die Föderation. Jetzt wißt ihr also, wie es hier zugeht, und könnt euch ein Bild davon machen, was es für die Leute hier bedeutet, unter dem ›Schutz‹ der Föderation zu leben.«

Am Ende der Straße blieben sie stehen, in ausreichendem Abstand von einer Menschenmenge, die sich um eine Tribüne drängte, auf der Zwergenmänner und -frauen aneinandergekettet zum Verkauf angeboten wurden. Sie sahen zu, und Morgan sagte: »Hier werden die verkauft, die nicht zur Arbeit gebraucht werden.«

Er führte sie auf eine langgestreckte Anhöhe, die sich über der Stadt erhob. Die Anhöhe war ohne Leben, ein riesiger dunkler Fleck in einer baumlosen Landschaft. Einst war sie terrassenförmig angelegt gewesen; das, was jetzt noch von der Anlage übrig war, ragte gleich Grabsteinen aus der Erde.

»Wißt ihr, was das ist?« fragte er sie leise. Sie schüttelten den Kopf. »Das sind die Überreste des einstigen Meade-Gartens. Ihr kennt die Geschichte. Die Zwerge haben diesen Garten angelegt und dafür aus dem umliegenden Land Humus herbeigeschafft, Humuserde, die so schwarz war wie Kohle. Jede Blume, die die Rassen kannten, wurde gepflanzt und gehegt. Mein Vater hat gesagt, daß es das Schönste war, das er je gesehen hat. Er war einmal hier, als er noch ein kleiner Junge war.«

Morgan schwieg, während sie die Ruinen betrachteten, und fuhr dann fort: »Die Föderation hat den Garten niedergebrannt, als die Stadt in ihre Hände fiel. Und jedes Jahr wird er von neuem angezündet, damit auch ja nichts wächst.«

Während sie zurückgingen, fragte Par: »Woher weißt du das alles, Morgan? Von deinem Vater?«

Morgan schüttelte den Kopf. »Mein Vater war seit damals nie wieder hier. Ich glaube, er möchte gar nicht wissen, wie es jetzt hier aussieht, sondern es so in Erinnerung behalten, wie es einmal war. Nein, ich habe hier Freunde, die mir erzählen, was die Zwerge durchmachen, was ich bei meinen Besuchen selbst nicht sehe. Ich habe euch bisher nicht viel davon erzählt. Aber es hat sich alles erst in jüngster Vergangenheit zugetragen, im letzten halben Jahr vielleicht. Ich werde euch später mehr davon erzählen.«

Sie lenkten ihre Schritte in den ärmeren Teil der Stadt und folgten dabei einer neuen Straße, die aber ebenso abgenutzt und mit Löchern übersät war wie die anderen. Nach einem kurzen Fußmarsch bogen sie in eine Gasse ein, die zu einem weiträumigen Gebäude aus Stein und Holz führte, das aussah, als wäre es einmal eine Art Gasthaus gewesen. Das dreistöckige Gebäude war umgeben von einer überdachten Veranda, auf der sich Schaukeln und Schaukelstühle befanden. Der Hof war leer, aber ohne Müll und Unrat und voll von spielenden Kindern.

»Eine Schule?« vermutete Par.

Morgan schüttelte den Kopf. »Ein Waisenhaus.« Er führte sie durch eine Gruppe von Kindern über die Veranda zu einer Seitentür, die im Schatten einer laubüberwucherten Nische versteckt lag. Er klopfte an die Tür und wartete. Als die Tür sich einen Spalt breit öffnete, sagte er: »Habt ihr etwas zu essen für einen armen Mann?«

»Morgan!« Die Tür flog auf. Eine ältere Zwergenfrau stand in der Tür, grauhaarig und gutmütig. »Morgan Leah, was für eine angenehme Überraschung! Wie geht es dir, mein Junge?«

»Gut«, antwortete er. »Dürfen wir eintreten?«

»Natürlich. Seit wann mußt du fragen?« Die Frau trat zur Seite und machte ihnen Platz; sie umarmte Morgan und verbeugte sich vor Par und Coll. Sie schloß die Tür hinter ihnen und sagte: »Ihr habt wohl Hunger, wenn ich recht sehe?«

»Wir sind bereit, für ein gutes Mahl unser Leben zu lassen«, erklärte Morgan lachend. »Großmütterchen Elise, das sind meine Freunde, Par und Coll Ohmsford aus Shady Vale. Sie sind derzeit... heimatlos.«

»Geht es uns nicht allen so?« erwiderte Elise barsch. Sie streckte ihre schwielige Hand aus, und die Brüder ergriffen sie einer nach dem anderen. Sie betrachtete sie mit prüfendem Blick. »Hast dich wohl mit einem Bären auf einen Ringkampf eingelassen, Morgan?«

Morgan berührte vorsichtig die Schnitt- und Schürfwunden in seinem Gesicht. »Schlimmer noch als das, fürchte ich. Die Straße nach Culhaven ist nicht mehr das, was sie einmal war.«

»Genauso ist es mit Culhaven. Nehmt Platz, du und deine Freunde. Ich bringe euch Kuchen und Obst.«

Mehrere lange Tische mit Bänken standen in der Mitte der geräumigen Küche, und die drei Freunde ließen sich am ersten Tisch nieder. Die Küche war groß, aber ziemlich dunkel, die Einrichtung geradezu ärmlich. Elises geschäftiges Hantieren verriet, daß sie das versprochene Frühstück und eine Art von frischgepreßtem Saft für sie zubereitete. »Ich würde euch gern etwas Milch anbieten, aber ich muß die wenige, die ich habe, für die Kinder einteilen«, sagte sie entschuldigend.

Hungrig machten sie sich über das Frühstück her, als eine zweite Frau eintrat, ebenfalls eine Zwergin, mit schnellen Bewegungen, die an einen Vogel erinnerten und scheinbar nie zum Stillstand kamen. Sie ging schnurstracks auf Morgan zu, der sich sofort erhob und ihr einen Kuß auf die Wange hauchte.

»Tante Jilt«, stellte Morgan sie vor.

»Sehr angenehm«, erwiderte sie, nahm neben Elise Platz und begann unverzüglich an einer Stickerei zu arbeiten, die sie mitgebracht hatte; ihre Finger flogen geradezu über ihre Arbeit.

»Diese Damen sind jedermanns Mütter«, erklärte Morgan, als er sich wieder seinem Essen zuwandte. »Auch meine, obwohl ich im Gegensatz zu ihren anderen Schützlingen keine Waise bin. Sie haben mich adoptiert, weil ich so unwiderstehlich bin.«

»Du hast uns, als du uns das erste Mal gesehen hast, genauso angefleht wie alle anderen, Morgan Leah!« warf Jilt ein, ohne dabei von ihrer Stickerei aufzusehen. »Das ist der einzige Grund, warum wir dich aufgenommen haben – der einzige Grund, warum wir überhaupt jemand aufnehmen.«

»Sie sind Schwestern, auch wenn man das nie vermuten würde«, fuhr Morgan schnell fort. »Elise ist wie eine Daunendecke, wunderbar weich und warm. Aber Tante Jilt – tja, Tante Jilt ist eher wie eine Steinpritsche.«

Jilt rümpfte die Nase. »Steine sind in diesen Zeiten sehr viel haltbarer als Daunen. Und beide sind immer noch haltbarer als hochländisches Süßholzgeraspel!«

Morgan und Elise lachten, Jilt stimmte nach einem Augenblick in ihr Lachen ein, und auch Par und Coll mußten lächeln.

Als sie ihr Frühstück beendet hatten, beschäftigte Elise sich mit dem Geschirr, und Jilt verließ sie, um nach den Kindern zu sehen.

Morgan flüsterte: »Die beiden leiten dieses Waisenhaus bereits seit dreißig Jahren. Die Föderation läßt sie in Ruhe, weil sie die Kinder davor bewahren, unter die Räder zu kommen. Da es Hunderte von Kindern ohne Eltern gibt, ist das Waisenhaus immer voll. Sobald die Kinder alt genug sind, werden sie hinausgeschmuggelt. Wenn man sie zu lange hier behält, schickt die Föderation sie in die Arbeitslager oder verkauft sie.« Er schüttelte den Kopf. »Ich weiß nicht, wie die beiden das aushalten. Ich wäre schon längst verrückt geworden.«

Elise kam an den Tisch und setzte sich zu ihnen. »Hat Morgan euch erzählt, wie wir uns kennengelernt haben?« fragte sie die Ohmsfords. »Er brachte uns Essen und Kleidung für die Kinder, er gab uns Geld und half uns, ein Dutzend Kinder nach Norden zu schmuggeln, damit sie dort bei Familien in den freien Gebieten leben konnten.«

»Um Himmels willen, Großmütterchen!« unterbrach sie ein verlegener Morgan.

»Genau so war es! Und er hilft uns auch jetzt, wenn er kommt«, fügte sie trotz seines Einwandes hinzu.

Morgan griff in seine Tasche und holte einen kleinen Beutel heraus. Der Inhalt klimperte, als er ihn ihr überreichte. »Ich habe vor einer Woche eine kleine Wette gewonnen.«

»Gott segne dich, Morgan.« Elise erhob sich von ihrem Platz, kam zu ihm herüber und küßte ihn auf die Wange. »Ihr scheint mir ziemlich erschöpft – alle drei. Wir haben hinten noch ein paar freie Betten und einige Decken. Ihr könnt euch bis zum Abendessen ruhig hinlegen.«

Sie führte sie von der Küche in einen kleinen Raum im hinteren Teil des großen Hauses, in dem sich mehrere Betten, ein Waschbecken, Decken und Handtücher befanden. Par blickte sich um und bemerkte sofort, daß alle Fenster mit Läden verschlossen und die Vorhänge sorgfältig zugezogen waren.

Elise erhaschte den Blick, den Par seinem Bruder zuwarf. »Manchmal möchten meine Gäste gern ungestört bleiben«, sagte sie ruhig. »Ihr doch auch, oder?«

Morgan ging auf sie zu und küßte sie zärtlich. »Scharfsichtig wie immer, Großmütterchen. Wir müssen uns mit Steff treffen. Kannst du das arrangieren?«

Elise sah ihn kurz an, nickte dann schweigend, küßte ihn ebenfalls und verließ das Zimmer.

Die Dämmerung war bereits hereingebrochen, als sie aufwachten. Elise erschien, huschte auf Zehenspitzen durchs Zimmer, um jeden zu wecken und ihm zuzuflüstern, daß es Zeit sei, und verschwand dann ebenso lautlos, wie sie gekommen war. Morgan Leah und die Ohmsfords fanden ihre Kleider sauber und wohlriechend wieder. Elise war fleißig gewesen, während sie geschlafen hatten.

Während sie sich ankleideten, sagte Morgan: »Wir treffen uns heute abend mit Steff. Er gehört zur Widerstandsbewegung der Zwerge, und die Bewegung hat ihre Augen und Ohren überall. Falls Walker Boh sich immer noch im Ostland aufhält, auch wenn es im tiefsten Anar sein sollte, wird Steff es wissen.« Er zog seine Stiefel hoch und stand auf. »Steff war eine der Waisen, die Elise großgezogen hat. Er ist für sie wie ein Sohn. Außer Jilt ist er der einzige, der ihr geblieben ist.«

Sie verließen das Schlafzimmer und begaben sich in die Küche. Die Kinder hatten ihre Abendmahlzeit bereits beendet und sich in ihre Zimmer in den beiden oberen Stockwerken zurückgezogen, außer ein paar ganz Kleinen, die Jilt noch fütterte, indem sie geduldig zuerst dem einen, dann dem anderen einen Löffel Suppe in den Mund schob. Als die drei eintraten, sah sie kurz auf und nickte ihnen zu.

Elise bat sie, an einem der Tische Platz zu nehmen, und tischte Schüsseln voll köstlichen Essens und dunkles Bier auf. Von oben hörten sie die Sprünge und Schreie der spielenden Kinder. »Es ist schwer, alle zu beaufsichtigen, wenn man nur zu zweit ist«, entschuldigte sie sich, während sie Coll eine zweite Portion des Fleischeintopfs auflegte. »Aber die Frauen, die wir anstellen, halten es nie sehr lange aus.«

»Konntest du Steff verständigen?« fragte Morgan leise.

Elise nickte mit einem plötzlich traurigen Lächeln. »Ich wünschte, ich könnte ihn öfter sehen, Morgan. Ich mache mir solche Sorgen um ihn.«

Sie beendeten ihre Mahlzeit und saßen schweigend da, während Elise und Jilt die Kinder fertig machten und sie zu Bett brachten. Zwei Kerzen brannten auf dem Tisch, an dem die drei Platz genommen hatten.

Nach einer Weile kehrte Jilt zurück und setzte sich zu ihnen. Sie sprach kein Wort. Ihr Gesicht war über die Stickerei gebeugt, an der sie arbeitete.

Draußen ertönte ein Klingeln. Jilt sah kurz von ihrer Arbeit auf. »Die Föderation kündigt die Sperrstunde an«, murmelte sie. »Keiner darf danach das Haus verlassen.«

Elise trat in den Raum und arbeitete schweigend am Spülbekken. Oben begann eines der Kinder zu weinen, und sie ging hinauf. Die Ohmsfords und Morgan Leah sahen einander an und warteten.

Plötzlich klopfte es leise an der Küchentür. Drei Klopfzeichen. Jilt sah auf. Dann ein erneutes Klopfen, dreimal. Eine Pause, und dann wieder dreimal.

Jilt eilte zur Tür, öffnete sie einen Spalt breit und spähte hinaus. Dann öffnete sie die Tür ganz, und eine schattenhafte Gestalt huschte herein. Jilt verriegelte die Tür hinter ihr. Im gleichen Augenblick trat Elise aus dem Gang herein und führte Morgan, Par und Coll zu dem Fremden. »Das ist Teel«, sagte sie. »Sie wird euch zu Steff bringen.«

Viel konnten sie von Teel nicht erkennen. Sie war eine Zwergin, aber kleiner als die meisten und in einen schwarzen Mantel mit Kapuze gehüllt. Ihr Gesicht war von einer seltsamen ledernen Maske verhüllt. Ihr dunkelblondes Haar lugte stellenweise unter ihrer Kopfbedeckung hervor.

Elise stellte sich auf die Zehenspitzen und umarmte Morgan. »Sei vorsichtig, mein Kleiner«, ermahnte sie ihn. Sie lächelte, klopfte Par und Coll leicht auf die Schulter und eilte zur Tür. Sie spähte kurz durch die Vorhänge hindurch, dann nickte sie. Wortlos ging Teel zur Tür hinaus. Die Ohmsfords und Morgan Leah folgten ihr.

Draußen bewegten sie sich lautlos an der Hauswand entlang, schlüpften dann durch den hinteren Zaun auf einen schmalen Weg. Sie folgten ihm bis zu einer leeren Straße und bogen dann rechts ab. Die Hütten und Verschläge, die die Straße säumten, waren allesamt dunkel. Teel drängte sie schnell die Straße hinunter und in ein Tannenwäldchen. Sie blieb stehen, kauerte sich auf den Boden und bedeutete den anderen, es ihr gleichzutun. Wenige Sekunden später erblickten sie eine fünfköpfige Föderationspatrouille. Die Männer lachten und unterhielten sich, während sie vorbeigingen, ohne sich um mögliche Zuhörer zu kümmern. Dann verhallten ihre Stimmen in der Ferne. Teel stand auf, und gemeinsam machten sie sich wieder auf den Weg.

Sie folgten der Straße etwa hundert Meter, bevor sie in den Wald traten. Sie huschten zwischen den Bäumen hindurch, und hie und da blieb Teel stehen, um zu horchen, bevor sie weitergingen. Der Duft wilder Blumen erfüllte die Luft.

Dann blieb Teel vor dichtem Strauchwerk stehen, schob die Zweige beiseite, bückte sich nach einem verborgenen Eisenring und zog. Die Geheimtür, die sich vor ihren Augen auftat, ließ eine Treppe sehen. Sie tasteten sich an der Wand entlang. Teel verriegelte hinter ihnen die Tür, zündete eine Kerze an und übernahm wieder die Führung. Die kleine Truppe machte sich auf den Weg nach unten.

Es war ein kurzer Abstieg. Die Treppe endete nach zwei Dutzend Stufen und mündete in einen Tunnel, dessen Wände und Decke durch dicke Holzbalken abgestützt waren. Teel verlor kein Wort über den Tunnel, sondern trat einfach vor ihnen hinein. Zweimal teilte er sich in mehrere Arme, und jedesmal ging sie ohne zu zögern weiter. Par dachte flüchtig daran, daß sie ohne die Hilfe von Teel nie wieder aus diesen Gängen herausfinden würden.

Der Tunnel endete Minuten später vor einer eisernen Tür. Teel stieß mit dem Griff ihres Dolches dagegen. Das Schloß auf der anderen Seite der Tür wurde geöffnet, und die Tür sprang auf.

Der Zwerg, der ihnen entgegentrat, war kaum älter als sie, ein kräftiger, muskulöser Bursche mit einem Bart und langem zimtfarbenen Haar, einem Gesicht, das über und über mit Narben bedeckt war, und der größten Keule auf seinem Rücken, die Par je gesehen hatte. Die obere Hälfte eines Ohrs fehlte ihm, und von der unteren Hälfte baumelte ein goldener Ohrring. »Morgan!« Er begrüßte und umarmte den Hochländer aufs herzlichste. Ein Lächeln erhellte sein düsteres Antlitz, als er den anderen an sich zog und an ihm vorbei einen Blick auf Par und Coll warf, die bereits ungeduldig warteten. »Freunde?«

»Die besten«, antwortete Morgan. »Steff, das sind Par und Coll Ohmsford aus Shady Vale.«

Der Zwerg nickte. »Seid willkommen, Talbewohner!« Er wandte sich von Morgan ab und streckte ihnen seine Hand entgegen. »Kommt, setzt euch und erzählt, was euch hergeführt hat.«

Sie befanden sich in einem unterirdischen Raum, in dem um einen langen Tisch mit Bänken allerlei Vorräte in Schachteln und Kisten lagerten. Steff forderte sie auf, sich auf den Bänken niederzulassen, füllte dann für jeden einen Krug mit Bier und setzte sich zu ihnen. Teel ließ sich in der Nähe der Tür auf einem kleinen Schemel nieder.

»Hier lebst du also jetzt?« fragte Morgan und ließ seinen Blick durch den Raum schweifen. »Könnte eine kleine Renovierung gebrauchen!«

Wieder huschte ein Lächeln über Steffs grobe Züge. »Ich habe viele Wohnsitze, und sie bedürfen alle der Renovierung. Dieser hier ist besser als die meisten. Wir Zwerge leben derzeit alle im Untergrund, entweder hier oder in den Minen oder in unseren Gräbern. Traurig.« Er hob seinen Krug. »Auf unsere Gesundheit und das Unglück unserer Feinde!« lautete sein Trinkspruch.

Alle tranken, außer Teel, die Wache hielt.

Steff stellte seinen Krug wieder auf den Tisch. »Ich hoffe, deinem Vater geht es gut«, sagte er zu Morgan.

Der Hochländer nickte. »Ich war bei Elise und habe ihr ein kleines Geschenk gemacht, mit dem sie Brot kaufen kann. Sie macht sich Sorgen um dich. Wie lang ist es her, daß du sie besucht hast?«

Das Lächeln verschwand aus dem Gesicht des Zwergs. »Im Augenblick ist es zu gefährlich, sie zu besuchen. Sieh dir mein Gesicht an!« Er berührte seine Narben. »Die Föderation hat mich vor drei Monaten geschnappt.« Er sah verschwörerisch Par und Coll an. »Morgan hat davon keine Ahnung, müßt ihr wissen. Er hat mich in letzter Zeit selten besucht. Wenn er nach Culhaven kommt, bevorzugt er die Gesellschaft von Kindern und alten Damen.«

Morgan überhörte die letzten Worte Steffs. »Was ist passiert, Steff?«

Der Zwerg hob die Schultern. »Ich bin entkommen – wenigstens teilweise.« Er hob seine linke Hand hoch. Der kleine Finger und der Ringfinger fehlten. »Genug davon, Hochländer! Sag mir lieber, was dich in den Osten geführt hat.«

Morgan setzte zum Sprechen an, blickte dann zu Teel hinüber und hielt inne.

Steff folgte seinem Blick und sagte: »O ja, Teel. Ich bin wohl doch gezwungen, etwas über sie zu sagen.« Er richtete seinen Blick wieder auf Morgan. »Ich wurde von der Föderation festgenommen, als ich dabei war, ihr Hauptwaffenlager in Culhaven auszuräumen. Sie steckten mich in ihr Gefängnis, um herauszufinden, was ich ihnen sagen konnte. Das ist mir als Erinnerung daran geblieben.« Er berührte sein Gesicht. »Teel saß als Gefangene in der Zelle neben mir. Was sie mit mir getan haben, ist nichts im Vergleich mit dem, was sie mit ihr gemacht haben. Sie zerschlugen ihr Gesicht und ihren Rücken zur Strafe dafür, daß sie den Lieblingshund eines höheren Beamten der Stadtverwaltung von Culhaven getötet hat. Sie tötete den Hund vor lauter Hunger. Wir unterhielten uns durch die Wand hindurch und lernten uns so kennen. Eines Nachts, zwei Wochen, nachdem sie mich gefangengenommen hatten und mir immer klarer wurde, daß die Föderation kein weiteres Interesse an mir hatte und ich umgebracht werden sollte, gelang es Teel, den Wärter in ihre Zelle zu locken. Sie tötete ihn, nahm seine Schlüssel an sich, befreite mich, und wir entkamen. Seitdem sind wir zusammen.«

Nach einem langen Schweigen sagte Morgan: »Steff, wir brauchen deine Hilfe, um jemand zu finden, einen Mann, von dem wir annehmen, daß er im tiefen Anar lebt. Sein Name ist Walker Boh.«

»Walker Boh«, wiederholte Steff ruhig. Der Art, wie er den Namen aussprach, konnten sie entnehmen, daß er ihn kannte.

»Meine Freunde Par und Coll sind seine Neffen.« In kurzen Zügen erzählte Morgan die Geschichte ihrer Reise, die sie nach Culhaven geführt hatte, von der Flucht der Brüder Ohmsford aus Varfleet bis zu ihrem Kampf mit den Schattenwesen. Er berichtete von dem alten Mann und seinen Warnungen, von Pars Träumen, die ihn zum Hadeshorn riefen, und von seiner eigenen Entdeckung der Zauberkraft des Schwertes von Leah. Steff hörte ihm zu, ohne ihn zu unterbrechen. Er saß regungslos auf seinem Platz; sein Gesicht war eine ausdruckslose Maske.

Als Morgan seine Erzählung beendet hatte, schüttelte Steff den Kopf. »Druiden und Magie und Geschöpfe der Nacht. Hochländer, du hast mich wieder einmal überrascht!« Er erhob sich, ging um den Tisch herum und richtete seinen gedankenverlorenen Blick kurz auf Teel, bevor er sagte: »Ich habe von Walker Boh gehört.«

»Und?« drängte ihn Morgan.

»Und der Mann jagt mir Angst ein.« Steff sah Par und Coll an. »Euer Onkel, wie lang ist es her, seit ihr ihn zum letztenmal gesehen habt – zehn Jahre? Dann solltet ihr mir gut zuhören. Der Walker Boh, den ich kenne, ist vielleicht nicht derselbe Onkel, den ihr in Erinnerung habt. Dieser Walker Boh lebt eher in Gerüchten als in Wirklichkeit, ist aber trotz allem sehr wirklich – er ist jemand, dem selbst die Dinge, die in den dunkleren Teilen des Landes wohnen und sich an den Reisenden, Wanderern und Verirrten vergreifen, tunlichst aus dem Weg gehen.« Er setzte sich wieder hin, nahm seinen Bierkrug und trank.

Morgan Leah und die Ohmsfords sahen einander schweigend an. Schließlich sagte Par: »Ich glaube, wir haben uns schon entschieden. Wer oder was Walker Boh auch ist, uns verbindet außer unserer Blutsverwandtschaft ein weiteres gemeinsames Band – unsere Träume von Allanon. Ich muß wissen, was mein Onkel vorhat. Wirst du uns helfen, ihn zu finden?«

Ganz unerwartet ging ein schwaches Lächeln über Steffs Gesicht. Er sah Morgan an. »Ich nehme an, er spricht auch für seinen Bruder. Spricht er auch für dich?« Morgan nickte. Gedankenverloren ließ Steff seinen Blick geraume Zeit auf ihnen ruhen. »Dann werde ich euch helfen«, bekundete er schließlich. Er hielt inne und achtete auf ihre Reaktion. »Ich werde euch zu Walker Boh führen – falls er sich finden läßt. Aber ich tue das, weil ich meine eigenen Gründe dafür habe, und ich glaube, es ist am besten, wenn ihr darüber Bescheid wißt.« Er senkte den Kopf, und einen Augenblick legte sich ein Schatten auf sein Gesicht. »Die Föderation hat euch eure Häuser genommen und sie zu ihrem Besitz erklärt. Nun, die Föderation hat mir mehr als das weggenommen. Sie hat mir alles genommen – mein Heim, meine Familie, meine Vergangenheit und sogar meine Zukunft. Die Föderation hat all das zerstört, was war und ist, und hat mir nur das gelassen, was vielleicht sein wird. Sie ist mein Erzfeind, und ich würde alles tun, um sie zu vernichten. Nichts von all dem, was ich hier tue, wird mich zum Ziel führen. Was ich tue, dient nur dazu, mich am Leben zu erhalten. Jetzt hab' ich genug davon. Jetzt will ich mehr.« Er hob den Kopf, und seine Augen leuchteten wild. »Falls es eine Magie gibt, die von den Ketten der Zeit befreit werden kann, falls es immer noch Druiden gibt, Geister oder Ähnliches, die dazu in der Lage sind, dann gibt es vielleicht eine Möglichkeit, mein Land und mein Volk zu befreien – Möglichkeiten, von denen wir bisher noch nichts ahnten. Wenn wir diese Möglichkeiten entdecken, dann müssen sie dazu benutzt werden, meinem Volk und meinem Land zu helfen.« Er schwieg. »Ich will, daß ihr ein Versprechen ablegt.«

Eine lange Stille erfüllte den Raum, während seine Zuhörer einander ansahen.

Dann sagte Par leise: »Ich schäme mich für das Südland, wenn ich sehe, was hier geschehen ist. Ich kann es einfach nicht begreifen. Falls wir irgend etwas entdecken, das den Zwergen ihre Freiheit wiedergeben könnte, werden wir davon Gebrauch machen.«

»Das werden wir«, bestätigte Coll, und auch Morgan Leah nickte.

Steff holte tief Luft. »Wir haben also eine Abmachung. Ich werde euch zu Walker Boh bringen – das heißt Teel und ich, denn wo ich hingehe, geht auch sie hin.« Er sah von einem zum anderen. »Wir werden ungefähr einen Tag brauchen, um alles Notwendige zusammenzupacken und einige Erkundigungen einzuziehen. Obwohl es unnötig ist, erinnere ich euch trotzdem daran, wie schwierig und gefährlich diese Reise höchstwahrscheinlich sein wird. Geht zu Elise zurück und ruht euch aus. Teel wird euch hinbringen. Wenn alle Vorbereitungen getroffen sind, schicke ich nach euch.«

Sie erhoben sich, und der Zwerg umarmte Morgan, lächelte dann unerwartet und schlug ihm auf die Schulter. »Du und ich, Hochländer – egal, wer da draußen lauert, vor uns muß er sich hüten!« Er lachte, und sein Lachen hallte im ganzen Raum wider.

Teel beobachtete sie mit Augen, die so kalt schienen wie Eis.

# 8

Zwei Tage vergingen, ohne daß sie eine Nachricht von Steff erhielten. Par und Coll Ohmsford und Morgan Leah verbrachten ihre Zeit im Waisenhaus damit, daß sie einige notwendige Reparaturen an dem alten Haus ausführten und Elise und Jilt bei den Kindern halfen. Es waren warme Tage, gerade richtig zum Faulenzen, die vom Klang der Kinderstimmen erfüllt waren. Die Welt innerhalb der Mauern des weiträumigen Hauses und des schattigen Gartens hatte nichts gemein mit der Welt, die draußen war. Hier gab es Essen, warme Betten, Behaglichkeit und Liebe. Der Rest der Stadt verblaßte zu unangenehmen Erinnerungen – die Hütten, die gebrochenen Menschen, die verwahrlosten Kinder, die fehlenden Mütter und Väter, die niedergeschlagenen Blicke und das Gefühl der Hoffnungslosigkeit. Par dachte mehrere Male daran, das Waisenhaus zu verlassen und noch einmal durch die Straßen von Culhaven zu gehen; auf keinen Fall wollte er fort, ohne sich noch einmal den Anblick eingeprägt zu haben, der, das wußte er, ihm immer im Gedächtnis bleiben würde. Aber die alten Frauen rieten ihm ab. Es war zu gefährlich, in der Stadt herumzuspazieren. Unabsichtlich hätte er Aufmerksamkeit erregen können. Es war besser, hier zu bleiben und die Welt draußen so zu belassen, wie sie war; beide Welten mußten allein ihr Bestes versuchen.

»Es gibt nichts, was wir tun könnten, um das Elend der Zwerge zu lindern«, erklärte Jilt bitter. »Denn dieses Elend hat bereits tiefe Wurzeln geschlagen.«

Par befolgte ihren Rat, fühlte sich aber unglücklich. Der innere Zwiespalt quälte ihn. Er konnte nicht so tun, als wüßte er nicht, was mit den Menschen in der Stadt geschah.

Am dritten Tag ihres Wartens marschierte frühmorgens eine

Abteilung der Föderationssoldaten die Straße herauf und in den Hof herein. Ihr Führer war ein Sucher. Elise schickte die Talbewohner und den Hochländer auf den Dachboden und ging mit Jilt nach draußen, um den Besuchern entgegenzutreten. Vom Dachboden aus beobachteten die drei Versteckten, was geschah. Die Kinder mußten sich auf der Veranda in Reih und Glied aufstellen. Obwohl sie alle noch zu klein waren, als daß sie jemandem hätten von Nutzen sein können, wurden drei davon ausgesucht. Elise erhob Einwände, aber sie konnte nichts ausrichten. Sie und Jilt waren gezwungen, hilflos mitanzusehen, wie die drei fortgeführt wurden.

Danach waren alle niedergedrückt, selbst die lebhaftesten der Kinder. Jilt zog sich an ein Fenster zurück, von wo sie, während sie an ihrer Stickerei weiterarbeitete, den vorderen Teil des Hofes überblicken und die Kinder im Auge behalten konnte. Sie sprach mit niemand ein Wort. Elise verbrachte die meiste Zeit in der Küche beim Backen.

Am späten Nachmittag konnte Par sein Unbehagen nicht länger beherrschen und ging in die Küche hinunter, um mit Elise zu reden. Er fand sie, wie sie an einem der langen Küchentische saß und gedankenverloren an ihrer Teetasse nippte. Er fragte sie, wie es geschehen konnte, daß die Zwerge so schlecht behandelt wurden, daß die Soldaten der Föderation – Südländer wie er selbst – sich zu solcher Grausamkeit hergaben.

Elise lächelte traurig, nahm seine Hand und zog ihn zu sich herunter. »Par«, sagte sie leise. Sie hatte in den letzten Tagen angefangen, ihn beim Namen zu nennen, ein eindeutiges Zeichen dafür, daß sie ihn jetzt als eines ihrer Kinder betrachtete. »Par, es gibt Dinge, die man nicht erklären kann. Manchmal glaube ich, daß es für all das einen Grund geben muß, und dann wiederum glaube ich, daß es keinen Grund geben kann. Weißt du, es hat alles vor langer Zeit begonnen. Der Krieg hat vor mehr als hundert

Jahren stattgefunden. Ich kenne niemand, der sich an die Anfänge erinnern könnte, und wenn man nicht weiß, wie alles angefangen hat, wie kann man dann wissen, warum es angefangen hat?« Sie umarmte Par. »Es tut mir leid, aber ich kann dir keine bessere Antwort geben. Ich glaube, ich habe die Suche nach einer Antwort schon vor langer Zeit aufgegeben. Meine ganze Energie brauche ich für die Kinder hier. Ich würde sagen, daß mir Fragen nicht mehr wichtig sind und daß ich deshalb auch nicht mehr nach Antworten suche. Ich lebe nur noch dafür, das Leben der Kinder zu retten.«

Par nickte schweigend, doch die Antwort befriedigte ihn nicht. Für alles, was passierte, gab es einen Grund, selbst wenn der Grund auf den ersten Blick nicht erkennbar war. Die Zwerge hatten den Krieg gegen die Föderation verloren; sie stellten jetzt für niemand eine Bedrohung dar. Warum also wurden sie systematisch unterdrückt?

In dieser Nacht schlief Par unruhig und lag schon wach, als Elise vor Tagesanbruch in den Schlafraum schlüpfte, um ihm zuzuflüstern, daß Teel gekommen sei, um sie abzuholen. Schnell verließ er das Bett und weckte Coll und Morgan. Sie zogen sich an, nahmen ihre Waffen und begaben sich in die Küche hinunter, wo Teel wartete, ein Schatten an der Tür. Elise brachte ihnen heißen Tee und Brot und küßte sie, Jilt warnte sie eindringlich vor den Gefahren, die draußen auf sie lauerten. Teel führte sie in die Nacht hinaus.

Die Morgendämmerung hatte sich noch nicht einmal durch einen kleinen Lichtschein in den vor ihnen stehenden Bäumen angekündigt, und sie huschten leise durch die schlafende Stadt, vier Gespenster auf der Suche nach einem Geist. Kaum hatten sie den Wald erreicht, tauchte Steff aus der Dunkelheit vor ihnen auf. An seinem Gürtel trug er mehrere lange Messer, und eine riesige Keule hing auf seinem Rücken. Er sprach kein Wort, als er anstelle von Teel die Führung übernahm und ihnen voranging. Im Osten schimmerte bereits das Tageslicht, und der Himmel begann sich zu erhellen. Die Sterne zogen sich zurück, und der Mond verschwand. Frost glitzerte auf Blättern und Gräsern wie funkelnde Kristalle.

Sie marschierten in einem gemächlichen Tempo, immer in Richtung Norden. Sie unterhielten sich wenig, und schon gar nicht darüber, wohin sie gingen. Steff schien nicht gewillt, ihnen Auskunft zu erteilen, und weder die Männer aus dem Tal noch der Hochländer verspürten Lust zu fragen. Wenn der Zwerg sich ihnen mitteilen wollte, würde er dies tun.

Der Tag verstrich schnell, und bereits am Nachmittag erreichten sie die südlichen Ausläufer des Wolfsktaaggebirges. Sie setzten ihren Marsch ungefähr eine Stunde fort, bis sich der Wald zu lichten begann. Steff führte sie in der Nähe eines kleinen Baches zu einem umgefallenen Baumstamm und machte es sich darauf bequem.

»Falls man den Gerüchten Glauben schenken kann – und wir haben nichts als Gerüchte –, hält sich Walker Boh im Dunkelstreif auf. Um dorthin zu gelangen, müssen wir das Wolfsktaaggebirge überqueren und von dort nach Osten zum Dunkelstreif. Natürlich gibt es andere Wege – manche würden vielleicht sagen, sicherere Wege. Wir könnten das Wolfsktaaggebirge im Osten oder Westen umgehen, würden aber auf diese Weise fast mit Sicherheit auf Föderationssoldaten oder Gnome stoßen. Im Wolfsktaag dagegen gibt es weder das eine noch das andere. In den Bergen halten sich zu viele Geister und Dinge der alten Magie auf; die Gnome sind abergläubisch und halten sich deshalb davon fern. Die Föderation hat ganze Abteilungen hineingeschickt, die nie wieder zurückgekommen sind. Um die Wahrheit zu sagen, haben sich die meisten einfach verirrt, weil sie den Weg nicht kannten. Aber ich kenne den Weg.«

Seine Zuhörer blieben still. Schließlich sagte Coll: »Ich erinnere mich dunkel, daß einige unserer Vorfahren in ziemliche Schwierigkeiten geraten sind, als sie vor Jahren dieselbe Route genommen haben.«

Steff zuckte die Schultern. »Davon weiß ich nichts. Ich weiß bloß, daß ich diese Berge schon oft überquert habe.«

Coll schüttelte den Kopf und sah Par an. »Das alles ist mir nicht geheuer.«

»Tja, wir haben die Wahl zwischen dem Teufel, den wir kennen, und dem, den wir nur vermuten«, erklärte Steff barsch. »Zwischen Föderationssoldaten und ihren Verbündeten, den Gnomen, die ganz sicher dort draußen auf uns warten, und Geistern und Gespenstern, die wir nicht kennen.«

»Schattenwesen«, sagte Par leise.

Seinem Wort folgte ein kurzes Schweigen.

Steff lächelte grimmig. »Hast du's noch nicht gehört, Talbewohner? Es gibt keine Schattenwesen. Das sind alles bloß Gerüchte. Und außerdem kannst du uns mit deiner Magie doch beschützen, oder nicht? Du und der Hochländer hier, wer könnte sich da schon an uns vergreifen wollen?« Sein Blick bohrte sich abwechselnd in die Anwesenden. »Also kommt. Keiner hat je behauptet, daß diese Reise ein Vergnügen werden würde.«

Darauf wußte keiner etwas zu erwidern, und sie überließen die Entscheidung dem Zwerg. Schließlich befanden sie sich hier in seinem Land, nicht dem ihren, und er kannte sich darin aus. Sie mußten sich, wollten sie Walker Boh finden, auf ihn verlassen.

Sie verbrachten die Nacht in einer Kiefernlichtung, inmitten des Geruchs der Nadeln, der wilden Blumen und der frischen Luft. Ihr Schlaf blieb ungestört. Bei Tagesanbruch führte Steff sie in die Berge des Wolfsktaag hinein. Sie erreichten den Noosepaß, überquerten die Hängebrücke, die in der Mitte der Schlucht von einer Seite zur anderen führte, und kletterten durch die bewaldeten Hänge nach oben.

Der Morgen ging in den Nachmittag über, und sie erreichten die nach Norden verlaufenden Bergkämme. Jetzt empfanden sie das Reisen als angenehm, denn die Sonne schien warm und freundlich auf sie herab, und die Ängste und Zweifel der vorhergegangenen Nacht begannen sich aufzulösen. Vögel zwitscherten in den Bäumen, und kleine Tiere tummelten sich im Unterholz. Die Brüder und der Hochländer lächelten einander zu, Steff brummte unverständlich vor sich hin, und nur Teel zeigte keine Gefühlsregung.

Als die Nacht hereinbrach, errichteten sie auf einer Wiese, die von Tannen und Zedern umgeben war, ihr Lager. Es war fast windstill, und die Wärme des Tages verweilte in diesem geschützten Tal noch lange, nachdem die Sonne untergegangen war.

Sterne funkelten am dunklen Nachthimmel, und der Mond hing wie eine leuchtende Scheibe am westlichen Horizont. Par rief sich noch einmal die Weisung des alten Mannes ins Gedächtnis – daß sie am ersten Tag des neuen Mondes am Hadeshorn sein sollten. Die Zeit zerrann ihnen zwischen den Fingern.

Er dachte in dieser Nacht, als sie sich um das Feuer versammelten, nicht so sehr an den alten Mann oder Allanon. Er dachte vielmehr an Walker Boh.

Er hatte seinen Onkel seit fast zehn Jahren nicht mehr gesehen, aber seine Erinnerung war seltsam klar. Er war damals noch ein Junge gewesen, und sein Onkel schien schon damals ziemlich geheimnisvoll – ein großer, kräftiger Mann mit dunklen Augen, die geradewegs durch einen hindurchsehen konnten. Er war immer freundlich zu ihm gewesen, auch wenn er meist in sich gekehrt schien, irgendwie zwar im Hier und Jetzt, aber gleichzeitig auch wieder ganz weit weg.

Man erzählte sich schon damals Geschichten über Walker Boh, aber Par konnte sich nur an ganz wenige erinnern. Es hieß, er verfüge über magische Kräfte, obgleich keiner genau wußte, über welche Art magischer Kraft. Er war ein Nachkomme von Brin Ohmsford, besaß jedoch nicht die Magie des Wunschlieds. Seit zehn Generationen war keinem in seiner Familie diese Gabe zuteil geworden. Brin hatte sie mit ins Grab genommen. Die Zauberkraft, über die sie verfügt hatte, war natürlich anders gewesen als die ihres Bruders Jair. Während Jair mit dem Wunschlied lediglich Bilder heraufbeschwören konnte, war seine Schwester in der Lage, die Wirklichkeit zu verändern. Ihre Zauberkraft war bei weitem die stärkere. Dennoch war ihr Ende auch das Ende der Zauberkraft gewesen, wohingegen die Jairs die Zeit überdauert hatte.

Par erinnerte sich daran, daß sein Onkel manchmal wußte, was sich an einem anderen Ort zutrug. Er erinnerte sich an Begebenheiten, bei denen sein Onkel nur durch seinen Blick Dinge, ja selbst Menschen bewegen konnte. Manchmal konnte er einem auch sagen, was man gerade dachte. Natürlich war es möglich, daß sein Onkel einfach klug genug gewesen war, Gedanken zu erraten.

Aber dann war da noch die Sache, wie er mit Schwierigkeiten umgehen konnte – er war in der Lage, sie so schnell verschwinden zu lassen, wie sie gekommen waren. Jede bedrohliche Situation schien sich, sobald sie mit ihm in Berührung kam, in nichts aufzulösen. Das erschien Par als eine Art Zauberkraft.

Der Onkel hatte Par immer ermutigt, wenn er bemerkte, daß der Junge versuchte, das Wunschlied anzuwenden. Er hatte Par ermahnt, vorsichtig zu sein im Umgang mit den Bildern und in der Art und Weise, wie er seine Magie vor anderen präsentierte. Walker Boh war einer der wenigen Menschen in seinem Leben, die keine Angst hatten vor seiner Zauberkraft.

Während er so mit den anderen in der Stille der Berge saß und ihm die Erinnerungen an seinen Onkel durch den Kopf gingen, wurde seine Neugier von neuem entfacht, so daß er schließlich Steff fragte, welche Geschichten er über Walker Boh gehört habe.

Steff sah ihn nachdenklich an. »Die meisten stammen von Waldmännern, Jägern, Fährtensuchern und dergleichen – ein paar von Zwergen, die wie ich im Widerstand kämpfen und weit genug in den Norden gekommen sind, um von ihm zu hören. Man sagt, daß die Gnome ihn fürchten wie den leibhaftigen Teufel. Angeblich halten sie Walker Boh für einen Geist. Manche glauben, daß er bereits mehrere hundert Jahre alt und ein Druide ist.« Er blinzelte. »Aber das ist wahrscheinlich alles nur Gerede, wenn er dein Onkel ist.«

Par nickte. »Ich kann mich nicht daran erinnern, daß irgend jemand gesagt hätte, er sei älter als normale Menschen.«

»Ein Bursche hat geschworen, daß dein Onkel mit den Tieren spricht und daß die Tiere ihn verstehen. Er behauptete, selbst Zeuge gewesen zu sein, wie dein Onkel auf eine Bergkatze, die so groß war wie ein Präriebüffel, zuging und sich mit ihr unterhielt, so wie ich mich mit dir unterhalte.«

»Es heißt, daß auch Cogline dazu in der Lage war«, warf Coll ein. »Er hatte eine Katze mit Namen Whisper, die ihm überallhin folgte. Die Katze beschützte seine Nichte Kimber. Sie hieß ebenfalls Boh, nicht wahr, Par?«

Par nickte; er erinnerte sich daran, daß sein Onkel sich nach der Familie seiner Mutter Boh genannt hatte. Aber er konnte sich nicht entsinnen, daß sein Onkel irgendwann den Namen Ohmsford gebraucht hätte.

»Es gibt da noch eine Geschichte«, sagte Steff. »Ich hab' sie von einem Fährtensucher gehört, der den tiefen Anar besser kannte als jeder andere und, glaube ich, auch als Walker Boh. Er hat mir erzählt, daß ein Etwas, das in den Tagen der alten Magie geboren wurde, aus dem Rabenhorn ausbrach und vor zwei Jahren in den Dunkelstreif kam und sich von dem Leben ernährte, das es dort vorgefunden hat. Walker Boh zog aus, um es zu finden; als sie aufeinandertrafen, drehte sich die Kreatur um und ging dorthin zurück, wo sie hergekommen war – einfach so.« Steff schüttelte den Kopf und rieb sich sein Kinn. »Das gibt einem zu denken, oder nicht?« Er streckte seine Hände zum Feuer aus. »Genau aus diesem Grund fürchte ich ihn – weil es anscheinend nicht viel auf dieser Welt gibt, vor dem er sich fürchtet. Er kommt und geht wie ein Geist, heißt es; er taucht auf und ist im nächsten Augenblick schon wieder verschwunden, gleich einem Schatten der Nacht. Ich frage mich, ob er sich überhaupt vor den Schattenwesen fürchtet. Ich glaube nicht.«

»Vielleicht sollten wir ihn fragen«, schlug Coll lächelnd vor.

Steff strahlte. »Ja, vielleicht sollten wir das«, stimmte er zu. »Ich schlage vor, daß du ihn fragst!« Er lachte. »Dabei fällt mir etwas ein. Hat der Hochländer euch schon erzählt, wie wir uns kennengelernt haben?«

Die Brüder schüttelten den Kopf, und ungeachtet des lauten Brummens aus Morgans Richtung fing Steff an, die Geschichte zum Besten zu geben. Vor ungefähr zehn Monaten war Morgan am Ostende des Regenbogensees, an der Mündung des Silberflusses, beim Fischen, als ein Windstoß sein Boot umwarf. Seine ganze Ausrüstung ging verloren, und er war gezwungen, sich mühsam an Land zu retten. Vollkommen durchnäßt versuchte er vergeblich, ein Feuer zu machen, als Steff des Weges kam und ihm half, trocken zu werden.

»Wenn ich damals kein Mitleid mit ihm gehabt hätte, wäre er erfroren«, endete Steff. »Wir redeten und erzählten. Sofort machte er sich dann auf den Weg nach Culhaven, um sich zu vergewissern, daß das Leben im Land der Zwerge wirklich so schrecklich war, wie ich es geschildert hatte.« Er warf dem verdrießlich dreinblickenden Hochländer einen freundlichen Blick zu. »Danach ist er immer wiedergekommen und hat auch jedesmal ein kleines Geschenk für Elise und Jilt mitgebracht. Ich nehme an, sein Gewissen läßt ihn kommen.«

»Ach, du lieber Himmel!« ließ Morgan verlegen hören.

Steff lachte, und sein durch die Stille dröhnendes Lachen erfüllte die Nacht. »Genug also, stolzer Hochlandprinz! Wir wenden uns einem anderen Thema zu.« Er verlagerte sein Gewicht und sah Par an. »Der Fremde, der, der dir den Ring gegeben hat – laßt uns über ihn reden! Ich weiß einiges über die Geächteten, die zur Bewegung gehören – größtenteils eine ziemlich unnütze Bande. Was ihnen fehlt, ist die richtige Disziplin. Die Zwerge haben sich angeboten, mit ihnen zu arbeiten, aber sie haben das Angebot bis jetzt noch nicht angenommen. Der Ring, den du bekommen hast – trägt er das Zeichen eines Falken?«

Par saß plötzlich aufrecht. »Ja, Steff. Weißt du, wem er gehört?«

Steff lächelte. »Ja und nein. Wie ich schon gesagt habe, sind die Geächteten ein disziplinloser Haufen – aber das könnte sich ändern. Es gehen Gerüchte um, daß einer die Sache in die Hand nehmen will. Er gibt sich nicht mit Namen zu erkennen, sondern benutzt das Zeichen des Falken.«

»Das muß derselbe Mann sein«, erklärte Par. »Er wollte auch uns seinen Namen nicht nennen.«

Steff zuckte die Schultern. »Namen werden in diesen Zeiten selten preisgegeben. Aber die Art, wie er eure Flucht vor den Suchern bewerkstelligt hat – ja, das ist der Mann, von dem ich immer wieder höre.«

»Er war ganz schön mutig in jener Nacht«, erwiderte Par.

Sie unterhielten sich noch eine Zeit lang über den Fremden, über die Geächteten. Obwohl sie nicht mehr auf Walker Boh zu sprechen kamen, war Par zufrieden mit dem, was er bisher erfahren hatte. Er war sich sicher über seinen Onkel. Für ihn war es egal, wie sehr sich die anderen, Steff und die übrigen, vor Walker Boh fürchteten; für ihn würde er so lange der bleiben, der er für ihn als kleiner Junge gewesen war, bis er eines Besseren belehrt würde – und er hatte das komische Gefühl, daß dies niemals geschehen würde.

Ihr Gespräch geriet ins Stocken, bis einer nach dem anderen sich unter seine Decke verkroch. Par wollte, bevor sie sich schlafen legten, Holz ins Feuer legen und stapfte zum Waldrand. Er war gerade dabei, die vom Wind im letzten Winter heruntergebrochenen Äste einer alten Zeder aufzusammeln, als er plötzlich Teel gegenüberstand. Ihr vermummtes Gesicht schien gespannt, ihre Augen fest auf ihn gerichtet.

»Kannst du mir die Magie zeigen?« fragte sie leise.

Par starrte sie an. Er hatte sie noch nie sprechen hören, seit er ihr in Elises Küche zum erstenmal begegnet war.

»Kannst du die Bilder machen?« drängte sie. Sie sprach mit tiefer und rauher Stimme. »Nur eines oder zwei, damit ich sie sehen kann? Es wäre sehr schön, wenn du das tun könntest.«

Plötzlich bemerkte er ihre Augen, die er vorher nicht gesehen hatte. Ihre Augen, so tiefblau wie der Himmel an diesem Tag, blickten ihn neugierig an. Ihr Glanz verwirrte ihn, und er erinnerte sich plötzlich daran, daß ihr Haar, das sie unter ihrer Kapuze verbarg, die Farbe von Honig hatte. Bislang hatte sie in ihrer Art, sich von ihnen zu distanzieren, ziemlich unfreundlich gewirkt, aber wie sie jetzt vor ihm stand, wirkte sie nur noch klein.

»Welche Bilder möchtest du denn gern sehen?« fragte er sie.

Sie dachte kurz nach. »Ich möchte gern sehen, wie Culhaven zur Zeit Allanons ausgesehen hat.«

Er wollte ihr sagen, daß er nicht wirklich wußte, wie Culhaven vor so langer Zeit ausgesehen hatte, nickte aber. »Ich kann's versuchen«, sagte er und sang ihr leise vor. Er ließ Bilder vor ihrem geistigen Auge entstehen, Bilder der Stadt, so wie sie möglicherweise vor dreihundert Jahren ausgesehen hatte. Er sang ihr vom Silberfluß, vom Meade-Garten, von den schmucken Häusern, vom Leben in der Hauptstadt der Zwerge vor dem Krieg mit der Föderation. Als er fertig war, sah sie ihn kurz an, bevor sie sich wortlos umdrehte und in der Nacht verschwand.

Par blickte ihr verwirrt nach, zuckte dann die Schultern, sammelte den Rest des Holzes ein und legte sich schlafen.

Bei Tagesanbruch waren sie wieder unterwegs und marschierten durch die höheren Regionen des Wolfsktaag, dort wo der Wald sich zu lichten begann und der Himmel immer näher rückte. Auch dieser Tag war warm und hell. Der Wind strich sanft über ihre Gesichter.

Trotz alledem war Par unbehaglich zumute. Er hatte diese Empfindung während der zwei vorhergegangenen Tage nicht gehabt, aber an diesem Tag kroch sie in ihm hoch. Er wollte das Unbehagen abschütteln, indem er sich einzureden versuchte, daß es jeder Grundlage entbehrte. Die anderen schienen zufrieden. Selbst Teel, die nur selten eine Regung zeigte, machte den Eindruck, als wäre sie vollkommen frei von Sorgen.

Aus dem Morgen wurde Nachmittag, und Pars Unbehagen verwandelte sich langsam in das sichere Gefühl, daß sie verfolgt wurden. Unwillkürlich blickte er immer wieder zurück, ohne zu wissen, wonach er suchte. Über ihnen, zu ihrer Rechten, erhob sich der Bergkamm zu steilen, öden Felswänden und gefährlichen Schluchten, die nicht überquert werden konnten. Unter ihnen erhob sich dichter Wald. Par blickte ein letztes Mal über seine Schulter, und da sah er, wie sich etwas zwischen den Felsen bewegte. Er blieb auf der Stelle stehen. Die anderen sahen ihn an.

»Was ist los?« fragte Steff.

»Irgend etwas ist hinter uns«, sagte Par leise und hielt seinen Blick genau auf die Stelle gerichtet, wo er die Bewegung zuletzt ausgemacht hatte. »Da, in den Felsen.« Er zeigte mit dem Finger auf die Stelle.

Sie standen da, schauten eine geraume Zeit in alle Richtungen und sahen nichts. Der Nachmittag ging dem Ende zu, und die Schatten in den Bergen wurden länger, so daß es immer schwieriger wurde, im Halblicht irgend etwas zu erkennen.

Schließlich schüttelte Par den Kopf. »Vielleicht habe ich mich geirrt«, gab er zu.

»Vielleicht auch nicht«, erwiderte Steff und bedeutete ihnen weiterzugehen.

Teel ging voraus, und Steff bildete mit Par die Nachhut. Ein- oder zweimal bat er Par zurückzuschauen, und ein- oder zweimal blickte er selbst zurück. Obwohl Par das Gefühl nicht loswurde, daß irgend etwas hinter ihnen war, konnte er nichts erkennen. Sie überquerten einen Bergkamm, der von Osten nach Westen verlief, und machten sich an den Abstieg. Ihr Ziel lag im Schatten, und der Pfad zu ihren Füßen wand sich durch ein Labyrinth von Felsen.

Keiner sagte ein Wort. Par lief plötzlich ein Schauer über den Rücken.

Sie hatten die Felsen hinter sich gelassen und befanden sich auf einem offenen Pfad, der sie wieder nach oben führte, als das Ding endlich aus den Schatten heraustrat und sich zu erkennen gab. Steff sah es zuerst, stieß einen heftigen Schrei aus und brachte sie alle zum Stehen. Die Kreatur war hundert Meter hinter ihnen, zusammengekauert auf einen flachen Felsen. Sie ähnelte einem riesigen Hund oder Wolf mit einem mächtigen behaarten Oberkörper und einem entstellten Gesicht und hatte komische fette Beine, einen zylinderförmigen Rumpf, kleine Ohren und einen

Schwanz. Ihre Kiefer, die größten Kiefer, die Par jemals gesehen hatte, lösten sich einmal voneinander, und Speichel lief heraus. Das Wesen begann auf sie zuzuschlendern.

»Geht weiter«, sagte Steff leise, und sie folgten dem Pfad.

»Was ist das?« fragte Morgan ganz leise.

»Man nennt es Nager«, antwortete Steff ruhig. »Es ist im tiefsten Teil des Anar, jenseits des Hadeshorns, zu Hause. Sehr gefährlich. Ich habe jedoch noch nie gehört, daß sich eines davon in den mittleren Anar verirrt hätte – ganz zu schweigen ins Wolfsktaaggebirge.«

»Du meinst wohl, bis jetzt«, murmelte Coll.

Sie erreichten eine Stelle, von der aus der Pfad nach unten in eine Mulde verlief. Die Sonne war verschwunden, die Sicht wurde immer schlechter. Das Ding hinter ihnen tauchte ganz unerwartet auf und verschwand wieder, und Par mußte unwillkürlich daran denken, was geschehen würde, wenn sie es völlig aus den Augen verloren.

»Ich habe noch nie von einem gehört, das sich an Menschen heranpirscht«, erklärte Steff plötzlich hinter ihm.

Die seltsame Verfolgung ging weiter, der Nager blieb ihnen weiterhin im Abstand von etwa hundert Metern auf den Fersen und hatte offensichtlich vor, die Dunkelheit abzuwarten, um sich dann auf sie zu stürzen. Steff trieb sie an, er war auf der Suche nach einer Stelle, die ihnen die Möglichkeit bot, sich zu verteidigen.

»Warum läßt du nicht mich die Sache in die Hand nehmen?« fuhr Morgan ihn plötzlich an.

»Weil du schneller tot wärst, als ich deinen Namen aussprechen könnte, Hochländer«, antwortete der Zwerg. »Laß dich nicht täuschen. Diese Kreatur kann es leicht mit uns Fünfen aufnehmen, wenn sie uns unvorbereitet überrascht. In diesem Fall wird uns alle Magie der Welt nicht helfen.«

Par erstarrte. Plötzlich fragte er sich, ob die Zauberkraft von Morgans Schwert etwas gegen diese Bestie auszurichten vermochte. War es nicht vielmehr so, daß die Zauberkraft des Schwertes nur dann geweckt wurde, wenn sie auf eine ähnliche Zauberkraft traf? War das nicht die Absicht Allanons gewesen, als er der Klinge ihre Macht verliehen hatte? Er bemühte sich, sich an die Einzelheiten der Geschichte zu erinnern, aber es wollte ihm nicht gelingen.

»Vorwärts, runter in die Mulde«, wies Steff sie unerwartet an. »Dort werden wir...«

Aber da kam der Nager auf sie zu. Die riesige schwarze Gestalt raste durch die Dunkelheit und sprang in gewaltigen Sätzen über die Felsen und durch das Gebüsch.

»Weiter!« rief Steff ihnen zu und deutete hastig auf den nach unten führenden Pfad, bevor er sich der Bestie zuwandte.

Ohne nachzudenken rannten sie weiter, alle außer Morgan, der sein Schwert mit einem heftigen Ruck aus der Scheide zog und seinem Freund zu Hilfe eilte. Teel, Coll und Par blickten sich erst in dem Augenblick um, als die Bestie ihre Gefährten erreichte. Die Kreatur ging auf Steff los, doch der Zwerg erwartete sie mit seiner riesigen Keule in der Hand. Er traf die Bestie mit einem Schlag am Kopf, der jeden anderen niedergestreckt hätte. Aber der Nager schüttelte den Schlag ab und lief wieder auf den Zwerg zu. Steff schlug ein zweites Mal auf ihn ein, stürzte an ihm vorbei und zog den Hochländer mit sich. Mit einem Satz waren sie unten auf dem Pfad und holten die Brüder und Teel schnell ein.

»Die Böschung hinunter!« schrie Steff. Sie stürzten schlitternd und rutschend auf ein Gehölz zu.

Plötzlich wurde Par sich des Nagers bewußt. Er hörte seinen Schrei, noch bevor er ihn sah, seinen Schrei, der wie ein Wimmern klang. Die Magie, dachte Par, ich muß die Magie einsetzen.

Das Wunschlied wird funktionieren, wird ihn wenigstens ablenken...

»Bleibt zusammen!« befahl der Zwerg. Er selbst wagte sich vor, um dem Ansturm des Nagers entgegenzutreten.

Par sollte nie vergessen, was sich danach ereignete. Steff ließ die Bestie dicht an sich herankommen, wich dann plötzlich nach hinten aus, rammte die Keule in den Rachen des Nagers und stieß mit seinen gestiefelten Füßen gegen seine mächtige Brust. Der Nager torkelte an Steff vorbei und stürzte wild um sich schlagend auf den Waldrand zu. Dann plötzlich schoß etwas Riesiges aus den Bäumen hervor, verschlang den Nager mit einem einzigen Biß und verschwand wieder in der Dunkelheit. Sie hörten einen heftigen Schrei, dann herrschte wieder Stille.

Steff legte einen Finger auf seine Lippen und winkte ihnen, ihm zu folgen. Schweigend kletterten sie wieder zum Pfad hinauf und starrten von dort nach unten in die undurchdringliche Dunkelheit.

»Im Wolfsktaag muß man wissen, wovor man sich hüten muß«, flüsterte Steff mit einem harten Lächeln. »Selbst als Nager!«

Sie reinigten ihre Kleider und rückten ihre Rucksäcke zurecht. Ihre Schrammen waren kaum der Rede wert. Den Jadepaß konnten sie laut Steff in einer, höchstens zwei Stunden erreichen.

Sie marschierten weiter.

# 9

Der Marsch zum Jadepaß dauerte länger, als Steff vermutet hatte, und es war fast Mitternacht, als sie ihn erreichten. Sie schliefen in einer schmalen Schlucht, die uralte Fichten schützend umgaben. Sie waren so erschöpft, daß sie weder an Essen noch an Feuer dachten, sondern sich einfach in ihre Dekken wickelten und einschliefen. In dieser Nacht träumte Par von dem Nager. Unbarmherzig verfolgte ihn dieser, ein kaum auszumachender Schatten, der nichtsdestotrotz so wirklich war wie er selbst. Der Schatten kam, um ihn zu holen, und er rannte, um ihm zu entkommen. Schließlich drängte ihn die Bestie in eine Felsnische. Er fuhr aus dem Schlaf auf.

Um ihn herum war es dunkel, obwohl der Himmel im Osten bereits hell zu werden begann; seine Gefährten schliefen noch. Sein Gesicht und sein Körper waren schweißgebadet, sein Atem ging schnell und röchelnd. Er legte sich wieder hin, konnte jedoch nicht mehr einschlafen.

Am Morgen machten sie sich auf den Weg nach Osten in den mittleren Anar und wanderten durch einen Irrgarten von bewaldeten Hügeln und Schluchten. Sie sprachen nur wenig. Der Tag war verhangen, und der Wald um sie herum schien auf irgendeine Weise noch geheimnisvoller. Gegen Mittag erreichten sie die Wasserfälle des Mangoldstroms und folgten bis zur Dämmerung dem Fluß.

Der nächste Tag brachte Regen und Nebel. Ihre Reise wurde beschwerlich. Sie kamen an der Rooker-Handelsstation vorbei, die zu Zeiten Jair Ohmsfords eine winzige Handelsniederlassung für Jäger und Händler gewesen war, in der jedoch später ein blühender Pelzhandel betrieben wurde, bis der Krieg zwischen den Zwergen und der Föderation diesen zerschlagen und schließlich allen Handelsgeschäften im Ostland nördlich von Culhaven ein Ende gesetzt hatte. Jetzt stand sie leer, ohne Fenster und Türen; das Dach war morsch.

Während des Mittagessens, das sie unter dem Schutzdach einer riesigen alten Weide am Fluß einnahmen, sprach Steff beunruhigt von dem Nager und betonte noch einmal, daß noch nie ein Nager westlich des Rabenhorns gesichtet worden sei. Woher war also dieser Nager gekommen? Was hatte ihn hierher verschlagen? Aus welchem Grund hatte er sie verfolgt?

Die kleine Kolonne setzte ihren Weg in der Dunkelheit fort und folgte dem Mangoldstrom, der sich seinen Weg nach unten in den Dunkelstreif bahnte. Die Reise wurde immer beschwerlicher; der Waldboden war mit dichtem Unterholz, abgestorbenen Ästen und Baumstämmen bedeckt, so daß der Pfad kaum noch auszumachen war. Als sie gegen Mittag dem Fluß den Rükken kehrten, verwandelte sich die Landschaft in ein Gewirr aus Wasserläufen und Schluchten. Sie schleppten sich mühsam durch den Schlamm und die Büsche; Steff, der den Weg bahnte, schnaufte schwer. Wenn er marschierte, glich der Zwerg einer rastlosen Maschine. Nur Teel konnte mit ihm mithalten, obwohl sie kleiner als Steff war. Es waren die Brüder und der Hochländer, die irgendwann ermüdeten, deren Muskeln sich verkrampften und deren Atem immer schwerer ging. Sie begrüßten jede kleine Pause, die der Zwerg ihnen gewährte, und jedesmal, wenn sie wieder aufbrachen, konnten sie seiner Aufforderung nur mit größter Mühe nachkommen.

Erst am Spätnachmittag hörte der ständige Regen auf, und plötzlich teilten sich die Wolken, um vereinzelte Sonnenstrahlen durchzulassen. Sie erklommen einen Bergkamm und erblickten unter sich ein flaches, bewaldetes Tal, das von einer seltsamen Felsformation beherrscht wurde. Sie erhob sich aus den Bäumen wie ein riesiger Wächter.

Steff bedeutete den anderen stehenzubleiben und zeigte nach unten. »Da«, sagte er leise. »Falls wir Walker Boh wirklich aufspüren, dann dort unten.«

Par vergaß darüber seine Erschöpfung und starrte ungläubig Steff an. »Ich kenne diesen Ort!« rief er aus. »Es ist der Kamin! Ich kenne ihn aus den Geschichten! Hier ist Cogline zu Hause!«

»War«, berichtigte Coll ihn müde.

»War, ist, was macht das schon für einen Unterschied?« Par war ganz aufgeregt, als er sprach. »Die Frage ist, was macht Walker Boh hier? Andererseits hat es auch wieder Sinn, daß er sich hier aufhält, da dies einmal die Heimstatt der Bohs war; aber es war natürlich auch Coglines Heim. Falls Walker Boh sich tatsächlich hier aufhält, warum hat uns der alte Mann nichts davon gesagt? Es sei denn, der alte Mann ist nicht Cogline, oder er hat aus irgendeinem Grund nicht gewußt, daß Walker hier ist, oder Walker...« Plötzlich ganz verwirrt, hielt er inne. »Bist du sicher, daß das der Ort ist, wo mein Onkel angeblich lebt?« wollte er von Steff wissen.

Der Zwerg hatte ihn die ganze Zeit über angestarrt, als sähe er einen dreiköpfigen Hund. Jetzt zuckte er die Schultern. »Ich weiß nur sehr wenig und lege mich auf noch viel weniger fest. Ich habe lediglich gehört, daß dies der Ort ist, an dem sich der Mann aufhalten soll. Sobald du also deine große Rede beendet hast, sollten wir einfach hinuntergehen und nachschauen.«

Par verstummte, und sie begannen ihren Abstieg. Als sie die Talsohle erreichten, stellten sie überrascht fest, daß der Waldboden weder mit Gebüsch noch mit abgestorbenem Holz bedeckt war. Die Bäume gaben den Blick auf Lichtungen frei, die von Bächen durchkreuzt und mit winzigen weißen, blauen und tiefvioletten Blumen übersät waren. Stille umgab sie. Par vergaß darüber die Gefahren und die Mühsale der Reise und richtete seine Gedanken statt dessen auf den Mann, dem er bis hierher gefolgt war. Er war verwirrt, aber er kannte wenigstens den Grund seiner Verwirrung. Als Brin Ohmsford vor dreihundert Jahren in den Dunkelstreif gekommen war, war der Kamin die Heimstatt Coglines und des Kindes Kimber Boh gewesen, das er als seine Enkelin ausgab. Der alte Mann und das kleine Mädchen hatten Brin zum Maelmord geleitet, wo sie dem Ildatch begegnete. Danach waren sie Freunde geblieben, und diese Freundschaft hatte zehn Generationen überdauert. Walker Bohs Vater war ein Ohmsford und seine Mutter eine Boh. Er konnte seine Ahnen auf seines Vaters Seite bis zu Brin zurückverfolgen und auf seiten seiner Mutter bis zu Kimber. Es war deshalb nur verständlich, daß er hierher zurückkommen würde – es war dagegen unverständlich, daß der alte Mann, der Mann, der sich als Cogline ausgab, der vor dreihundert Jahren gelebt hatte, nichts davon wissen sollte.

Par zog die Stirn in Falten. Was hatte der alte Mann über Walker Boh gesagt, als sie mit ihm gesprochen hatten? Die Falten auf seiner Stirn vertieften sich. Nur, daß er wußte, daß Walker am Leben war, antwortete er sich. Nur das und sonst nichts.

Aber gab es da noch etwas, das der alte Mann ihnen verschwiegen hatte? Par war sich dessen sicher. Und er wollte dahinterkommen, was es war.

Die wenigen Strahlen des späten Sonnenscheins zogen sich wieder zurück, und die Dämmerung umhüllte das Tal mit dunklen grauen Schatten. Der wolkenlose Himmel war übersät mit unzähligen Sternen, und der abnehmende Mond tauchte den Wald in ein milchiges Licht. Die kleine Kolonne bewegte sich vorsichtig weiter, immer in Richtung der kaminartigen Felsformation. Sie überquerten Dutzende von kleinen Bächen und gingen durch einen Irrgarten von Lichtungen. Es war still im Wald, aber sie empfanden die Stille nicht als bedrohlich. Coll versetzte Par einen kleinen Stoß, als er ein graues Eichhörnchen bemerkte, das auf seinen Hinterbeinen saß und ernst auf sie herabsah. Die Nacht war erfüllt von Geräuschen.

»Irgendwie fühle ich mich hier beschützt, du nicht auch?« fragte Par seinen Bruder, und Coll nickte.

Fast eine Stunde lang marschierten sie weiter, ohne jemand zu begegnen. Sie befanden sich ungefähr in der Mitte des Tales, als ein Lichtstrahl zwischen den Bäumen auf sie fiel. Steff verlangsamte seinen Schritt, bedeutete ihnen, auf der Hut zu sein, und ging dann wieder voraus. Das Licht kam immer näher. Eine Lampe! dachte Par. Er drängte sich zu Steff vor. »Es ist eine Hütte«, flüsterte er dem Zwerg zu.

Sie traten auf eine breite, grasgrüne Lichtung hinaus. Es befand sich tatsächlich eine Hütte dort, genau in der Mitte der Lichtung, eine gut erhaltene Hütte aus Stein und Holz mit Veranden auf der Vorder- und Rückseite, gepflasterten Wegen und einem Garten mit blühenden Büschen. Fichten und Pinien umgaben das Häuschen wie kleine Wachtürme. Der aus seinen Fenstern flutende Lampenschein tauchte den Rasen in helles Licht.

Die Vordertür stand offen.

Par wollte sofort darauf zugehen, doch Steff hielt ihn mit einem kräftigen Griff davon ab. »Ein bißchen Vorsicht könnte nichts schaden«, belehrte er ihn. Er flüsterte Teel etwas zu, wandte sich dann von ihnen ab, um allein zur Hütte zu gehen, und huschte über die Lichtung, sorgsam darauf bedacht, die Schatten der Bäume auszunutzen und gleichzeitig die Tür im Auge zu behalten. Die anderen sahen ihm nach. Als er die Veranda erreichte, kauerte er sich zunächst lange Zeit davor nieder, bevor er mit schnellen Schritten die Stufen hinauf- und ins Haus hineinsprang. Nach einem Augenblick des Schweigens erschien er in der Tür und winkte sie herbei.

Als sie ihn erreichten, sagte er: »Es ist niemand zu Hause. Aber es scheint, als hätte man uns erwartet.«

Den Sinn seiner Worte begriffen sie, als sie hineintraten. Zwei Kamine befanden sich an den einander gegenüberliegenden Wänden des Hauptraums; vor dem einen waren Stühle und Bänke zu einer Art Sitzgruppe zusammengestellt worden, der andere diente als Kochstelle. In beiden brannte ein loderndes Feuer. Auf der Kochstelle köchelte ein Eintopf, und das heiße Brot war zum Abkühlen auf ein Brett gelegt worden. Ein langer Tisch war sorgfältig für fünf Personen gedeckt. Par ging darauf zu, um alles in Augenschein zu nehmen. Alle fünf Becher enthielten kühles Bier.

Die Gefährten sahen einander an, bevor sie ihre Blicke durch den Raum schweifen ließen. Das Holz der Wände und Balken schien poliert und gewachst. Silberbesteck, Gläser, Holzschnitzereien und Wandbehänge glänzten und schimmerten im Schein der Öllampen und Kaminfeuer. Frische Blumen standen sowohl auf dem langen Tisch wie auch in der Sitzecke. Durch einen Gang gelangte man zu den Schlafräumen. Die Hütte war hell, heiter und leer.

»Gehört sie Walker?« fragte Morgan. Irgendwie paßte all das nicht in das Bild, das er sich von dem Mann gemacht hatte.

Par schüttelte den Kopf. »Ich weiß es nicht. Ich sehe nichts, was ich wiedererkennen würde.«

Morgan schlüpfte leise in den hinteren Gang, blieb kurz verschwunden und kehrte dann wieder zurück. »Nichts«, erklärte er enttäuscht.

Coll gesellte sich zu Par, sog den Duft, der aus dem Topf strömte, ein und zuckte die Schultern. »Tja, es sieht so aus, als sei unser Kommen doch keine so große Überraschung. Ich weiß nicht, wie's mit euch ist, aber der Eintopf riecht verdammt gut. Und da sich jemand die Mühe gemacht hat zu kochen – Walker Boh oder sonst jemand –, glaube ich, daß wir uns wenigstens hinsetzen und essen sollten.«

Par und Morgan ließen sich nicht lange bitten, und selbst Teel schien nicht abgeneigt. Auch Steff stimmte zu. Nichtsdestotrotz bestand er darauf, sich zuerst zu vergewissern, daß das Essen nicht vergiftet war. Als er schließlich verkündete, daß es genießbar sei, setzten sie sich und machten sich hungrig darüber her.

Als sie ihre Mahlzeit beendet hatten, räumten sie den Tisch ab, wuschen das Geschirr und stellten es vorsichtig in einen dafür bestimmten Schrank zurück. Danach durchsuchten sie die Hütte ein zweites Mal. Sie fanden nichts.

Sie saßen noch bis nach Mitternacht am Feuer und warteten. Niemand kam. Im hinteren Teil der Hütte befanden sich zwei Schlafzimmer mit je zwei Betten, die mit frischen Leintüchern und Decken bezogen waren. Sie schliefen abwechselnd, und immer einer hielt für die anderen Wache. Ihr Schlaf blieb unbehelligt. Die Morgendämmerung beendete ihren Schlaf, der sie erfrischt hatte. Noch immer kam niemand.

Im Laufe des Tages durchsuchten sie das ganze Tal von einem Ende zum anderen, von der Hütte bis zu dem seltsamen, kaminförmigen Felsen. Das Sonnenlicht und eine leichte Brise sowie der Duft der Pflanzen erfüllten den warmen, hellen Tag. Sie wanderten langsam an den Bächen entlang, folgten den Pfaden, durchstreiften die wenigen Senken. Sie entdeckten vereinzelte Spuren, die alle von Tieren stammten. Vögel flogen über sie hinweg, jähe Farbblitze leuchteten zwischen den Bäumen auf, winzige Waldbewohner beobachteten sie aus scharfen Augen, und Insekten schwirrten und surrten. Irgendwann, als Par und Coll die Westseite des Felsenturms absuchten, stellte sich ihnen ein Dachs in den Weg und weigerte sich, sie vorbeizulassen. Sonst sahen sie nichts.

An diesem Abend mußten sie ihre Mahlzeit selbst zubereiten, aber im Kühlraum fanden sie frisches Fleisch und Käse, im Garten Gemüse, und Brot vom Vortag war auch noch vorhanden.

Die Brüder zierten sich nicht lange, und überzeugt davon, daß man genau das von ihnen erwartete, drängten sie die anderen, es ihnen ungeachtet der Befürchtungen von Steff gleichzutun. Der Tag ging in eine warme und angenehme Nacht über, und sie fingen an, sich in ihrer neuen Umgebung wohlzufühlen. Steff saß mit Teel vor dem Kaminfeuer und rauchte seine lange Pfeife, während Par mit Coll in der Küche das Geschirr abwusch und Morgan sich auf den Vorderstufen auf Wache begeben hatte.

»Irgend jemand hat sich sehr viel Mühe gegeben, diese Hütte so herzurichten«, bemerkte Par, als sie ihre Arbeit erledigt hatten. »Es scheint mir ziemlich unvernünftig, daß die Besitzer sie einfach verlassen haben.«

»Vor allem, nachdem sie sich die Zeit genommen haben, uns einen Eintopf zu kochen«, fügte Coll hinzu. Er machte ein nachdenkliches Gesicht. »Glaubst du, daß sie Walker gehört?«

»Ich weiß es nicht. Ich wünschte, ich wüßte es.«

Es war bereits weit nach Mitternacht, als er gähnend auf die vordere Veranda hinaustrat und nach der wachehaltenden Teel Ausschau hielt, um sie abzulösen. Zuerst konnte er die Zwergin nirgends entdecken, und erst als er vollkommen wach war, tauchte sie einige Dutzend Meter entfernt hinter einer Fichte auf. Sie huschte lautlos auf ihn zu, um dann wortlos in der Hütte zu verschwinden. Par blickte ihr neugierig nach, setzte sich auf die Stufen, stützte das Kinn in die Hände und starrte in die Dunkelheit hinaus.

Er hatte fast eine Stunde lang so dagesessen, als das Geräusch an sein Ohr drang.

Es war ein seltsames Geräusch, eine Art Summen wie von einem Schwarm von Bienen, gleichzeitig aber tiefer und rauher. Er hörte es, und dann war es auch schon wieder verklungen. Zuerst dachte er, es sei nur Einbildung gewesen. Doch dann hörte er es wieder, nur einen Augenblick, bevor es wieder verklang.

Er stand auf und schaute sich zögernd um, bevor er langsam zum Weg hinüberging. Ein sternklarer Himmel erhellte die Nacht. Der Wald um ihn herum schien leer. Er fühlte sich wieder sicher und schlenderte langsam um das Haus herum nach hinten. Unter einer alten Weide fand er zwei alte Bänke. Er ging darauf zu und lauschte noch einmal in die Dunkelheit, hörte aber nichts. Er nahm auf einer der Bänke Platz. Eine Zeitlang saß er nur da, starrte durch die hängenden Zweige der Weide, gab sich in der Dunkelheit seinen Tagträumen hin und lauschte der Stille der Nacht. Er mußte an seine Eltern denken und fragte sich, ob es ihnen gut ging, ob sie sich seinetwegen Sorgen machten. Shady Vale war nur noch eine verschwommene Erinnerung.

Einen Augenblick schloß er die Augen, um die aufkommende Müdigkeit abzuschütteln. Als er die Augen wieder öffnete, stand die Moorkatze vor ihm.

Der Schreck, der ihm in die Glieder fuhr, machte ihn unfähig, sich zu bewegen. Die Augen der Katze leuchteten goldfarben in der Nacht. Sie war das größte Tier, das Par jemals gesehen hatte, größer noch als der Nager. Sie war von Kopf bis Fuß pechschwarz, mit Ausnahme der Augen, die ihn unverwandt und ohne zu blinzeln anstarrten.

Dann begann die Katze zu schnurren, und er erkannte, daß es dasselbe Geräusch war, das er zuvor gehört hatte. Die Katze drehte sich um, entfernte sich einige Schritte und blickte sich dann abwartend um. Da Par sie weiterhin nur anstarrte, kam sie unverzüglich zurück, um sich dann von neuem zu entfernen, innezuhalten und zu warten.

Par wurde klar, daß sie darauf wartete, daß er ihr folgte. Geistesabwesend erhob er sich, machte ein paar Schritte in ihre Richtung, und die Katze ging weiter voran, bis sie zwischen den Bäumen verschwunden war. Par hatte keine Mühe, der Katze zu folgen. Der Schreck ließ langsam nach und verwandelte sich in

Neugier. Jemand hatte die Katze zu ihm geschickt, und er glaubte zu wissen, wer dieser Jemand war.

Schließlich erreichten sie eine Lichtung, in deren Mitte sich mehrere Bäche in einen weiten, mondbeschienenen Teich ergossen. Die alten Bäume waren riesig, und ihre Zweige und Äste warfen ein kunstvolles Schattenmuster auf ihre Umgebung. Auf leisen Sohlen näherte sich die Katze dem Teich, trank daraus, setzte sich dann hin und sah Par an. Dieser blieb stehen.

»Hallo, Par«, begrüßte ihn jemand.

Par suchte kurz die Lichtung ab, bevor er den Sprecher, der auf einem knorrigen Baumstumpf saß und kaum von den Schatten um ihn herum zu unterscheiden war, ausmachen konnte. Der Mann erhob sich und trat ins Licht.

»Hallo, Walker«, rief Par.

Sein Onkel sah noch so aus, wie er ihn in Erinnerung hatte, aber andererseits auch vollkommen anders. Er war immer noch groß und schlank, seine Haut von einem erschreckenden Weiß, das einen Gegensatz zu seinem schulterlangen schwarzen Haar und seinem gestutzten Bart bildete. Seine Augen hatten sich ebenfalls nicht verändert; sie blickten immer noch durch einen hindurch. Schwieriger war es, das zu beschreiben, was sich verändert hatte. Es hatte größtenteils damit zu tun, wie Walker Boh sich gab, wenn er sprach, obwohl er bisher kaum gesprochen hatte. Es schien, als sei er von einer unsichtbaren Wand umgeben, durch die nichts hindurchdringen konnte.

Walker Boh kam auf ihn zu und nahm Pars Hände in die seinen. Er trug Hosen, eine Tunika, einen kurzen Mantel und weiche Stiefel, alles von der Farbe der Erde und der Bäume. »Fühlst du dich in der Hütte wohl?« fragte er.

»Onkel, was machst du hier draußen? Warum warst du nicht da, als wir angekommen sind? Du wußtest doch ganz offensichtlich, daß wir kommen.«

Der Onkel ließ Pars Hände los und trat zurück. »Komm, setz dich zu mir, Par«, bat er und zog sich, ohne die Antwort seines Neffen abzuwarten, wieder in den Schatten zurück. Par folgte ihm, und beide ließen sich auf dem Baumstumpf nieder, auf dem Walker zu Anfang gesessen hatte.

Walker betrachtete Par ausgiebig. »Ich werde nur mit dir sprechen«, sagte er leise. »Und nur dieses eine Mal.«

Par wartete. »Es hat in meinem Leben viele Veränderungen gegeben«, fuhr sein Onkel nach einer Weile fort. »Ich nehme an, daß deine Erinnerungen an mich aus deinen Kindertagen nur sehr spärlich sind, und das meiste davon hat sowieso nicht mehr viel mit dem, der ich jetzt bin, zu tun. Ich habe das Leben im Vale aufgegeben und damit jeden Anspruch darauf, ein Südländer zu sein, und bin dann hierher gekommen, um noch einmal von vorne anzufangen. Ich habe den Wahnsinn der Menschen hinter mir gelassen, deren Leben durch ihre primitiven Instinkte bestimmt wird. Ich habe den Menschen aller Rassen den Rücken gekehrt, ihrer Habgier und ihren Vorurteilen, ihren Kriegen, ihrer Politik und ihrer abscheulichen Vorstellung von Verbesserung. Ich bin hierher gekommen, Par, damit ich allein leben konnte. Ich war natürlich schon immer allein; ich bin dazu geboren, allein zu sein. Der Unterschied besteht jetzt darin, daß ich nicht deswegen allein bin, weil die anderen es so wollen, sondern deshalb, weil ich es so will. Ich habe die Freiheit, das zu sein, was ich bin – ohne daß ich mich deshalb unwohl fühlen müßte.« Ein schwaches Lächeln huschte über sein Gesicht. »Die Zeit, in der wir leben, und das, was wir sind, machen es uns schwer. Verstehst du mich, Par? Auch du verfügst über Magie – in deinem Fall eine sehr konkrete Magie. Durch sie wirst du keine Freunde gewinnen, im Gegenteil. Man gestattet uns heutzutage nicht, Ohmsfords zu sein, weil Ohmsfords die Zauberkraft ihrer Vorfahren besitzen, und weder die Magie noch die Elfen werden heutzutage geschätzt oder verstanden. Ich bin es leid geworden, ich habe keine Lust mehr, ein Außenseiter zu sein und ständig mit Argwohn und Mißtrauen behandelt zu werden. Ich bin es leid, als etwas Fremdartiges angesehen zu werden. Dir wird es genauso ergehen, wenn es dir nicht schon so ergangen ist. Es liegt einfach im Wesen der Dinge.«

»Ich lasse mich davon nicht beirren«, antwortete Par. »Die Magie ist eine Gabe.«

»Ja wirklich? Ist sie das jetzt? Eine Gabe ist nicht etwas, das man verstecken muß wie eine ansteckende Krankheit. Sie ist nicht etwas, dessen man sich schämen, wovor man sich in Acht nehmen oder Angst haben sollte. Sie ist nicht etwas, das einen töten könnte.«

Er sprach mit solcher Bitterkeit, daß Par ein Schauer über den Rücken lief. Schuldbewußt schüttelte der Onkel den Kopf. »Ich weiß manchmal nicht, was ich sage, wenn ich über die Vergangenheit spreche. Es tut mir leid. Ich wollte andere Dinge mit dir besprechen. Aber nur mit dir, Par. Ich überlasse die Hütte deinen Gefährten für die Zeit ihres Aufenthaltes. Aber ich werde sie dort nicht aufsuchen. Mein Interesse gilt nur dir.«

»Aber was ist mit Coll?« fragte Par verwirrt. »Warum willst du nur mit mir sprechen und nicht auch mit ihm?«

Sein Onkel lächelte spöttisch. »Denk nach, Par. Ich habe ihm nie so nahe gestanden wie dir.«

Par starrte ihn schweigend an. Er mußte zugeben, daß sein Onkel recht hatte. Es war die Magie, durch die er Walker nähergekommen war, und Coll hatte daran nie teilgehabt. Die Zeit, die er mit seinem Onkel verbracht und die ihn dem Mann nähergebracht hatte, war immer eine Zeit ohne Coll gewesen.

»Außerdem«, fuhr der andere leise fort, »geht das, was ich mit dir besprechen will, nur uns an.«

Plötzlich verstand Par. »Die Träume.« Sein Onkel nickte.

»Das heißt also, daß auch du sie geträumt hast – die schwarze Gestalt, die Allanon zu sein scheint und vor dem Hadeshorn steht und uns warnt und ruft?« Par war sprachlos. »Und was ist mit dem alten Mann? War er auch bei dir?« Wieder nickte sein Onkel. »Dann kennst du ihn, nicht wahr? Ist es wirklich Cogline?«

Walker Bohs Gesicht war jetzt ausdruckslos. »Ja, Par, es ist Cogline.«

Par rieb sich aufgeregt die Hände. »Ich kann es nicht glauben! Wie alt ist er? Hunderte von Jahren, nehme ich an – genauso alt, wie er zu sein behauptet. Lebt er immer noch hier bei dir?«

»Er besucht mich manchmal. Die Katze gehörte ihm, bevor er sie mir schenkte. Du erinnerst dich doch daran, daß es immer eine Moorkatze gab. Die davor hieß Whisper. Das war zu Zeiten von Brin Ohmsford. Die jetzige heißt Ondit. Der alte Mann hat ihr diesen Namen gegeben. Er meinte, es sei ein guter Name für eine Katze – besonders für eine Katze, die mir gehört.«

Er sprach nicht weiter, und etwas, das Par nicht deuten konnte, zeigte sich in seinem Gesicht, um sofort wieder zu verschwinden. Par warf einen Blick auf die Stelle, wo er die Katze zuletzt gesehen hatte, doch sie war verschwunden.

»Gerüchte kommen und gehen auf die gleiche Weise wie Moorkatzen«, sagte Walker Boh, als hätte er seine Gedanken gelesen.

Par nickte abwesend und gab seinen Blick zurück. »Was wirst du tun, Onkel?«

»Wegen der Träume?« Die Augen des Onkels nahmen einen leblosen Ausdruck an. »Nichts.«

Par zögerte. »Aber der alte Mann muß dir...«

»Hör mir zu«, unterbrach ihn der andere. »Ich habe meine Entscheidung getroffen. Ich weiß, worum ich in meinen Träumen gebeten worden bin, und ich weiß, wer sie geschickt hat. Der alte Mann war bei mir, und wir haben uns unterhalten. Es ist noch keine Woche her, daß er hier war. All das zählt nicht. Ich bin schon längst kein Ohmsford mehr; ich bin ein Boh. Wenn ich mich meiner Vergangenheit entledigen könnte, würde ich keinen Augenblick zögern. Ich will damit nichts zu tun haben. Ich bin in das Ostland gekommen, um in diesem Tal zu leben, um so zu leben, wie meine Vorfahren einst gelebt haben, um wenigstens einmal dort zu sein, wo alles frisch und sauber ist und nicht durch die Gegenwart anderer gestört wird. Ich habe gelernt, mir mein Leben einzurichten. Du kennst jetzt das Tal; die Familie meiner Mutter hat es so hinterlassen, und ich will es so erhalten. Ab und zu besuche ich sogar die Menschen draußen. Der Dunkelstreif ist mein Himmel und der Kamin mein Heim.« Er lehnte sich vor. »Ich besitze die Magie, Par – sie ist anders als deine, aber sie ist trotzdem wirklich. Manchmal weiß ich, was die anderen denken, selbst wenn sie weit weg sind. Ich kann mich mit dem Leben auf eine Art verständigen, wie es die anderen nicht können. Manchmal kann ich mich unsichtbar machen, genau wie die Moorkatze. Ich kann sogar Kraft heraufbeschwören!« Er schnippte unerwartet mit den Fingern, und einen Augenblick waren seine Finger in blaues Feuer getaucht. Er blies es aus. »Mir fehlt die Magie des Wunschlieds, aber offensichtlich hat sich ein Teil davon in mir niedergelassen. Ein Teil meines Wissens ist angeboren, einen Teil habe ich mir selbst beigebracht, und den Rest haben mich andere gelehrt. Aber ich habe alles, was ich brauche, und das reicht mir. Die Welt muß ohne mich zurechtkommen. Sie hat es bis jetzt auch getan.«

Par suchte nach einer Antwort. »Aber wenn die Träume recht haben, Onkel?« fragte er endlich.

Walker Boh lachte höhnisch. »Par! Die Träume haben niemals recht! Hast du nichts gelernt aus deinen eigenen Geschichten? Gleichgültig, ob sie wahr werden wie jetzt oder wie damals, als Allanon noch lebte, eines bleibt doch immer gleich – die Ohmsfords erfahren entweder gar nichts oder aber nur das, was die Druiden für notwendig erachten!«

»Du glaubst, daß wir benutzt werden?«

»Ich glaube, daß ich ein Narr wäre, wenn ich anders denken würde! Ich glaube nicht alles, was man mir erzählt.« Die Augen des anderen schienen so kalt wie Stein. »Die Magie, die du für eine Gabe hältst, ist niemals etwas anderes gewesen als ein nützliches Werkzeug der Druiden. Ich habe nicht die Absicht, mich für die neuen Aufgaben, die sie erfunden haben, gebrauchen zu lassen. Wenn die Welt gerettet werden muß, so wie die Träume es anordnen, laß Allanon und den alten Mann hinausziehen und sie retten!«

Par holte tief Luft. »Was wirst du tun, wenn die Dinge aus den Träumen wahr werden? Was wird dann aus deinem Heim? Was wird geschehen, wenn das Böse, das die Träume prophezeit haben, sich auf den Weg zu dir macht?«

Sein Onkel sagte nichts, aber der starre Blick wich nicht aus seinem Gesicht.

»Ich habe eine andere Einstellung zu den Dingen«, sagte Par leise. »Ich war schon immer der Meinung, daß die Magie eine Gabe ist und daß sie mir aus einem ganz bestimmten Grund gegeben wurde. Lange Zeit schien es so, als wäre sie dazu da, die Geschichten zu erzählen, damit sie nicht ganz in Vergessenheit geraten. Ich habe meine Meinung jedoch geändert. Ich glaube, daß die Magie für größere Dinge bestimmt ist.« Er setzte sich aufrecht hin, weil er sich in Gegenwart des anderen plötzlich klein fühlte. »Coll und ich können nicht ins Vale zurück, weil die Föderation von der Magie Wind bekommen hat und hinter uns her ist. Der alte Mann, Cogline, sagt, daß es noch andere Dinge gibt, die uns verfolgen – vielleicht sogar Schattenwesen. Bist du den Schattenwesen begegnet? Ich ja. Das Komische daran ist, daß ich glaube, daß die Dinge, die uns verfolgen, ebenfalls

Angst haben. Es ist die Magie, vor der sie sich fürchten.« Er machte eine Pause. »Ich habe keine Ahnung, warum das so ist, aber ich bin entschlossen, es herauszufinden.«

Ein Anflug von Überraschung zeigte sich in Walker Bohs Augen.

Par nickte. »Ja, Onkel, ich habe mich entschlossen, der Aufforderung der Träume zu folgen. Ich glaube, daß Allanon sie geschickt hat, und ich glaube, daß man sie beachten muß. Ich werde zum Hadeshorn gehen. Ich glaube, daß mir die Entscheidung jetzt erst klar geworden ist; das Gespräch mit dir hat mir zu dieser Entscheidung verholfen. Coll weiß noch nichts davon. Ich habe keine Ahnung, was er tun wird. Vielleicht kommt es soweit, daß ich allein gehe. Aber gehen werde ich, schon deshalb, weil ich glaube, daß Allanon mir sagen kann, welchem Zweck die Magie dienen soll.« Traurig schüttelte er den Kopf. »Ich kann nicht so sein wie du, Onkel. Ich kann nicht als Außenseiter leben. Ich will irgendwann wieder nach Shady Vale zurückkehren. Ich will mich nicht irgendwo anders niederlassen und noch einmal von vorne anfangen. Auf meinem Weg hierher habe ich Culhaven gesehen. Die Zwerge, die uns hierher begleitet haben, sind von dort. Die ganzen Vorurteile und die ganze Habgier, die Politik und die Kriege, der ganze Wahnsinn, von dem du sprichst, all das kann man dort erleben. Aber ich will im Gegensatz zu dir nicht davor weglaufen; ich möchte einen Weg finden, um dem allem ein Ende zu machen! Wie kann ich das erreichen, wenn ich einfach so tue, als gäbe es all das nicht?« Seine Hände ballten sich zu Fäusten. »Weißt du, ich frage mich, was wäre, wenn Allanon etwas wüßte, das den Lauf der Dinge ändern könnte. Was wäre, wenn er mir zeigen könnte, wie der ganze Wahnsinn beendet werden kann?«

Walker Boh erhob sich.

»Wirst du noch einmal darüber nachdenken?« fragte Par.

Walker sah ihn schweigend an, ging dann zum Teich in der Mitte der Lichtung, blieb stehen und schaute hinein. Als er mit den Fingern schnippte, tauchte wie aus dem Nichts Ondit auf und näherte sich ihm. Er drehte sich um und schaute zurück. »Viel Glück, Par«, war alles, was er sagte. Dann verschwand er, begleitet von seiner Katze, in der Nacht.

## 10

Par wartete bis zum Morgen, ehe er den anderen von seiner Begegnung mit Walker Boh erzählte. Er sah keinen Grund zur Eile. Walker hatte seine Absichten ganz klar zum Ausdruck gebracht, und es gab sowieso nichts, was einer von ihnen daran hätte ändern können. Par machte sich also auf den Rückweg zur Hütte, nahm seine Wache wieder auf, hing seinen Gedanken nach und wartete auf die Morgendämmerung.

Die Reaktionen der anderen waren gemischt, als er die Geschichte schließlich zum Besten gab. Morgan war entrüstet über Walkers Verhalten und erklärte, daß sie anstandshalber wenigstens ein Zusammentreffen verdient hätten. Überzeugt davon, daß der Mann noch nicht weit gekommen sein konnte, bestand er darauf, daß sie das Tal durchsuchten.

Steff war der Meinung, Walker Boh sei lediglich darauf bedacht, Schwierigkeiten möglichst aus dem Weg zu gehen. »Mir scheint, daß sein Verhalten, egal für wie ärgerlich man es halten mag, keineswegs außergewöhnlich ist«, erklärte er mit einem Achselzucken. »Schließlich habt ihr selbst gesagt, daß er sich hierher zurückgezogen hat, um allen Schwierigkeiten aus dem Weg zu gehen. Wenn er sich nun weigert, zum Hadeshorn zu gehen, tut er nur das, was er schon immer tun wollte.«

Teel hatte dazu, wie immer, nichts zu sagen. Coll meinte nur: »Ich wünschte, ich hätte mit ihm sprechen können.« Damit war die Angelegenheit für ihn erledigt.

Obwohl es keinen Grund gab, länger zu bleiben, entschlossen sie sich, ihre Abreise um einen Tag zu verschieben. Der Mond war noch immer mehr als halb voll, und so hatten sie mindestens noch zehn Tage Zeit, bis sie am Hadeshorn sein mußten – falls sie überhaupt dorthin gingen. Ein Gespräch über ihr weiteres Vorgehen wurde vermieden. Par hatte sich bereits entschieden, ohne jedoch den anderen seine Entscheidung mitzuteilen. Die anderen warteten natürlich darauf, daß er sich äußerte. Während sie dieses Katz-und-Maus-Spiel weiterspielten, beendeten sie ihr Frühstück und beschlossen dann, Morgans Vorschlag aufzugreifen und das Tal ein letztes Mal zu durchsuchen. Auf diese Weise waren sie beschäftigt, während sie über die Auswirkungen von Walker Bohs Entscheidung nachsannen. Morgen früh würde immer noch genügend Zeit bleiben, um eine eigene Entscheidung zu treffen.

Sie wanderten also zurück zu der Lichtung, wo Par in der vergangenen Nacht Walker und die Moorkatze getroffen hatte, und begannen, nachdem sie verabredet hatten, sich am späten Nachmittag bei der Hütte zu treffen, eine zweite Suche. Steff und Teel bildeten eine Gruppe, Par und Coll eine zweite, und Morgan machte sich allein auf den Weg. Es war ein warmer, sonniger Tag, und eine leichte Brise wehte aus den Bergen zu ihnen herunter.

Nachdem sich Par und Coll von den anderen getrennt hatten, wandten sie sich nach Osten.

Halbherzig schlenderte Par dahin; wohl wissend, daß Coll ihn von Zeit zu Zeit beobachtete, wich er seinem Blick aus. Nachdem sie durch Lichtungen gewandert waren und Bäche durchwatet hatten, ohne auch nur auf die kleinste Spur von Walker zu stoßen, blieb Par stehen. »Wir verschwenden nur unsere Zeit«, verkündete er, wobei ein Anflug von Ärger in seiner Stimme mitklang. »Wir finden hier ja doch nichts.«

»Der Meinung bin ich auch«, antwortete Coll.

Par drehte sich zu ihm um, und sie sahen einander schweigend an. »Ich habe mich entschlossen, zum Hadeshorn zu gehen, Coll. Mir ist es egal, was Walker macht; für mich zählt nur, was *ich* mache. Ich muß gehen.«

Coll nickte. »Ich weiß.« Dann lächelte er. »Par, ich bin nicht umsonst all die Jahre dein Bruder gewesen; ich weiß, wie du denkst. In dem Augenblick, in dem du mir erzählt hast, daß Walker mit der ganzen Sache nichts zu tun haben will, wußte ich, daß du dich entschlossen hast zu gehen. So ist das mit dir. Du bist wie ein Hund, der einen Knochen zwischen den Zähnen hat – du kannst nicht loslassen.«

»Ja, ich glaube, so stellt es sich manchmal dar.« Müde schüttelte Par den Kopf und ging auf ein schattiges Plätzchen unter einen Baum zu. Er stellte sich mit dem Rücken an den Stamm und ließ sich auf die Erde gleiten. Coll tat es ihm nach. Sitzend starrten sie hinaus in die leere Waldung. »Ich gebe zu, daß ich meine Entscheidung so getroffen habe, wie du es beschrieben hast. Ich konnte einfach Walkers Standpunkt nicht akzeptieren. In Wahrheit, Coll, konnte ich ihn nicht einmal verstehen. Ich war so durcheinander, daß ich nicht einmal daran gedacht habe, ihn zu fragen, ob er die Träume für wahr hält oder nicht.«

»Du hast unbewußt sicher daran gedacht, aber irgendwann hast du beschlossen, daß es nicht notwendig sei, ihn zu fragen. Walker hat gesagt, daß er die gleichen Träume gehabt hat wie du. Er hat dir erzählt, daß der alte Mann ihn aufgesucht hat, genau wie uns. Er hat zugegeben, daß der alte Mann Cogline war. Er hat nichts abgestritten. Er hat einfach gesagt, daß er damit nichts zu tun haben will. Daraus folgt, daß er glaubt, daß die Träume wahr sind – andernfalls gäbe es nichts, womit er etwas zu tun haben könnte.«

Par preßte die Lippen zusammen. »Ich verstehe es nicht, Coll. Es war Walker, mit dem ich letzte Nacht gesprochen habe; ich weiß, es war Walker. Aber er klang nicht wie Walker. Das ganze Gerede von ›nichts damit zu tun haben wollen‹, von seiner Entscheidung, hier draußen wie ein Einsiedler zu leben. Irgend etwas stimmt hier nicht, ich fühle es! Er hat mir nicht alles gesagt. Er hat immer wieder davon gesprochen, daß die Druiden den Ohmsfords Dinge vorenthalten haben, aber er hat sich mir gegenüber genauso verhalten. Irgend etwas hat er verschwiegen.«

Colls Blick ließ erkennen, daß er nicht überzeugt war. »Warum hätte er das tun sollen?«

Par schüttelte den Kopf. »Ich weiß es nicht. Ich fühle es einfach.« Er sah seinen Bruder scharf an. »Walker hat sich in seinem ganzen Leben nie unterkriegen lassen; wir beide wissen das. Er hat nie Angst davor gehabt, für etwas einzutreten und da zu sein, wenn er gebraucht wurde. Jetzt tut er so, als könne er kaum den Gedanken ertragen, morgens aufzustehen! Er redet so, als gäbe es nichts Wichtigeres im Leben, als sich um sich selbst zu kümmern! Er hat es fertiggebracht, daß ich mich seinetwegen geschämt habe.«

»Ich glaube, daß du da zu viel hineindeutest.« Coll hieb den Absatz seines Stiefels in den Boden. »Vielleicht ist es genau so, wie er sagt. Er lebt hier schon ziemlich lange, Par. Vielleicht fühlt er sich unter Menschen einfach nicht mehr wohl.«

»Du auch?« Par war wütend. »Er wollte nicht einmal mit dir sprechen.«

Coll schüttelte den Kopf und hielt seinem Blick stand. »Es ist doch so, Par, daß wir nie viel miteinander gesprochen haben. Du warst derjenige, der ihm am Herzen lag, weil du die Magie besessen hast.«

Par schaute ihn stumm an. Walkers eigene Worte, dachte er. Er betrog sich nur selbst, wenn er versuchte, Colls Beziehung zu ihrem Onkel mit seiner eigenen auf eine Stufe zu stellen. Es war nie dasselbe gewesen. Er runzelte die Stirn. »Es bleiben immer noch die Träume. Warum ist er nicht wie ich neugierig? Will er denn nicht wissen, was Allanon zu sagen hat?«

Coll zuckte die Schultern. »Vielleicht weiß er es bereits. Es scheint doch, als wüßte er sowieso meistens, was andere Leute denken.«

Par zögerte. Daran hatte er noch nicht gedacht. War es möglich, daß sein Onkel bereits wußte, was der Druide ihnen am Hadeshorn sagen würde? Konnte er die Gedanken eines Schattens lesen, eines Mannes, der seit dreihundert Jahren tot war? Par schüttelte den Kopf. »Nein, das glaube ich nicht. Denn sonst hätte er mehr über den Grund der Träume gesagt. Er hat jedoch die ganze Zeit damit zugebracht, die Angelegenheit als einen weiteren Fall abzutun, bei dem die Ohmsfords wieder einmal von den Druiden benutzt werden; der Grund hat ihn gar nicht interessiert.«

»Dann hofft er vielleicht, daß du ihm den Grund nennst.«

Par nickte langsam. »Das erscheint mir schon vernünftiger. Ich habe ihm gesagt, daß ich gehen werde; vielleicht meint er, daß einer von uns ausreicht.«

Coll legte sich ins Gras und starrte zu den Baumwipfeln hoch. »Aber das glaubst du doch auch nicht, oder?«

Sein Bruder lächelte schwach. »Nein.«

»Du glaubst immer noch, daß es etwas anderes gibt.«

»Ja.«

Eine Weile hing jeder seinen eigenen Gedanken nach. Durch das Geäst, das sich wie ein Baldachin über ihnen wölbte, traten dünne Sonnenstrahlen, und das Gezwitscher der Vögel drang durch die Stille.

»Mir gefällt es hier«, sagte Par schließlich.

Colls Augen waren geschlossen. »Was glaubst du, wo er sich versteckt?«

»Walker? Ich weiß nicht. Unter einem Stein vielleicht.«

»Du bist vorschnell in deinem Urteil, Par. Du hast kein Recht, ihn zu verurteilen.«

Par wollte antworten, besann sich dann aber eines Besseren und gab sich damit zufrieden, den Sonnenstrahl zu beobachten, der sich über Colls Gesicht bewegte, bis er seine Augen traf, was Coll zwang, zu blinzeln und sich umzudrehen. Er setzte sich auf, sein breites Gesicht strahlte Zufriedenheit aus. Er ließ sich durch nichts so leicht aus der Fassung bringen; es gelang ihm stets, sein inneres Gleichgewicht zu behalten.

Plötzlich wurde Par bewußt, wie sehr er seinen Bruder liebte. »Wirst du mit mir gehen, Coll?« fragte er. »Zum Hadeshorn?«

Coll sah ihn an. »Ist es nicht seltsam«, antwortete er, »daß du und Walker und sogar Wren die Träume habt und ich nicht, daß ihr alle darin vorkommt und ich nicht und daß ihr alle gerufen worden seid, aber ich nicht?« Aus seiner Stimme war kein Groll herauszuhören, nur Verwirrung. »Warum, meinst du, ist das so? Wir haben noch nie darüber gesprochen, du und ich, stimmt's? Nicht ein einziges Mal. Ich glaube, wir haben beide alles getan, um dieses Thema zu umgehen.«

Par starrte ihn an und wußte nicht, was er darauf erwidern sollte.

Als Coll sein Unbehagen bemerkte, lächelte er. »Peinlich, meinst du nicht? Mach kein so unglückliches Gesicht, Par. Ich wollte damit nicht sagen, daß du die Schuld trägst.« Er rückte näher. »Vielleicht hat es etwas mit der Magie zu tun – mit etwas, von dem wir noch nichts wissen. Vielleicht ist das der Grund.«

Par schüttelte den Kopf und seufzte. »Es wäre eine Lüge, wenn ich sagen würde, daß ich mich angesichts der Träume, die ich habe und du nicht, nicht unwohl fühle. Ich weiß nicht, was ich sagen soll. Ich hoffe immer darauf, daß du dich mit einer Sache beschäftigst, die dich eigentlich nicht betrifft. Ich sollte nicht einmal fragen, aber ich kann einfach nicht anders. Du bist mein Bruder, und ich möchte dich bei mir haben.«

Coll streckte seine Hand aus und legte sie auf Pars Schulter. Sein Lächeln war warm. »Hin und wieder, Par, gelingt es dir, das Richtige zu sagen.« Sein Griff wurde stärker. »Ich gehe dorthin, wo du hingehst. So ist es immer zwischen uns gewesen. Ich will damit nicht sagen, daß ich deiner Logik immer zustimme, aber das ändert nichts an meinen Gefühlen für dich. Wenn du also glaubst, daß du zum Hadeshorn gehen mußt, um das Rätsel der Träume zu lösen, dann gehe ich mit dir.«

Par umarmte seinen Bruder und dachte dabei an die vielen Male, wo Coll für ihn dagewesen war, wenn er darum gebeten wurde; ein beglückendes Gefühl durchströmte ihn bei dem Gedanken daran, daß Coll ihn auch diesmal nicht allein lassen würde. »Ich wußte, daß ich mich auf dich verlassen kann«, war alles, was er sagte.

Es war später Nachmittag, als sie an Rückkehr dachten. Sie hatten sich zwar vorgenommen gehabt, früher umzukehren, doch ihr Gespräch über die Träume und Allanon hatte sie so beschäftigt, daß sie bis zur Ostseite des Tales gewandert waren, bevor sie entdeckten, wie spät es inzwischen geworden war. Jetzt, als die Sonne hinter dem westlichen Horizont versank, machten sie sich auf den Heimweg.

»Es sieht ganz so aus, als würden wir heute noch nasse Füße kriegen«, verkündete Coll, während sie zwischen den Bäumen zurückwanderten.

Par schaute zum Himmel auf. Mächtige Regenwolken waren am Nordrand des Tales aufgezogen.

Sie beschleunigten ihr Tempo, eifrig darauf bedacht, dem Regen zu entgehen. Eine steife Brise kündigte das Nahen des Sturmes an. Die Luft begann sich abzukühlen, und der Wald wurde dunkel.

Dann bemerkte Par, wie sich etwas in den Bäumen bewegte. Unwillkürlich verlangsamte er seine Schritte. Coll, der hinter ihm ging, fragte, ob etwas nicht in Ordnung sei. Par schüttelte den Kopf und ging wieder schneller.

Der Wind schlug ihm ins Gesicht und zwang ihn, seinen Kopf zu senken. Er schaute nach rechts, dann nach links. Zu beiden Seiten gewahrte er blitzartige Bewegungen.

Irgend etwas verfolgte sie.

Par spürte, wie sich ihm die Nackenhaare sträubten, aber er zwang sich weiterzugehen. Was dort draußen lauerte, sah weder so aus noch bewegte es sich so wie Walker Boh oder die Katze. Er versuchte, seine Gedanken zu sammeln. Wie weit waren sie noch von der Hütte entfernt – eine Meile, vielleicht weniger? Er hielt den Kopf jetzt hoch, versuchte, die Bewegungen aus den Augenwinkeln zu beobachten.

»Par«, sagte Coll, »irgend etwas ist...«

»Ich weiß!« unterbrach ihn Par. »Geh weiter!«

Sie gingen durch ein Kieferwäldchen, während es zu regnen begann. Die Sonne war nicht mehr zu sehen. Par spürte, wie sein Atem schneller ging. Ihre Verfolger waren jetzt überall, Schatten, die eine seltsame menschliche Gestalt angenommen hatten, während sie zwischen den Bäumen hindurchhuschten.

Sie haben uns eingekreist, dachte Par außer sich vor Schreck. Wie weit war es noch bis zur Hütte?

Aber da waren die Schatten schon über ihm. Sie stürzten aus den umstehenden Bäumen auf ihn herunter. Par erhaschte einen kurzen Blick auf krumme, bucklige, mit borstigen schwarzen Haaren bedeckte Gestalten. In dem Versuch zu entkommen schleuderte er sie von sich weg und spürte rauhe, sehnige Gliedmaßen, die ihn festhielten. Er stieß verzweifelte Schreie aus, beschwor die Magie des Wunschlieds und schickte in seinem Bemühen, sich zu schützen, furchtbare Bilder aus. Ein angstvolles Geheul erhob sich, und seine Angreifer ließen von ihm ab.

Dieses Mal konnte er sie sich genau ansehen. Er erblickte seltsame, insektenförmige Körper mit schemenhaften menschlichen Gesichtern, die vollkommen behaart waren.

Spinnengnome, dachte er ungläubig.

Sogleich stürzten sie sich noch einmal auf ihn. Es gelang ihm nicht mehr, die Magie zu beschwören. Seine Arme wurden zu Boden gedrückt, und gleichzeitig würgte man ihn. Verzweifelt versuchte er sich zu wehren, aber es waren ihrer zu viele.

Es blieb ihm noch eine Sekunde, noch ein Versuch, um Hilfe zu schreien, und dann wurde ihm schwarz vor den Augen.

## 11

Als Par Ohmsford wieder das Bewußtsein erlangte, befand er sich inmitten eines Alptraums. An Händen und Füßen gefesselt hing er an einer Stange. Irgend jemand trug ihn durch den in Nebel gehüllten Wald; eine tiefe Schlucht war zu seiner Linken, die zerklüfteten Zacken eines Bergkammes hoben sich zu seiner Rechten vom Himmel ab. Gestrüpp schlug gegen seinen Rücken und Kopf, während er hilflos an der Stange baumelte; die Luft war dick, schwül und still.

Er war umgeben von Spinnengnomen, die auf ihren gekrümmten Beinen lautlos durch die Dämmerung huschten.

Par schloß die Augen, um dem Anblick zu entgehen, und öffnete sie dann wieder. Der Himmel war dunkel und bedeckt, aber vereinzelt schien das Licht der Sterne zwischen den Wolken hindurch, und über dem Bergkamm machte sich schwach die erste Helligkeit bemerkbar. Er erkannte, daß die Nacht fast vorüber war und der Morgen anbrach.

Er erinnerte sich jetzt an die Ereignisse des vergangenen Tages, wie die Spinnengnome ihn gejagt und gefangengenommen hatten. Was war mit Coll geschehen? Er reckte den Hals, um zu sehen, ob sein Bruder gleichfalls mitgeschleppt wurde, konnte jedoch keine Spur von ihm entdecken. In ohnmächtigem Zorn biß er die Zähne zusammen. Er mußte eine Möglichkeit finden, sich zu befreien und nach seinem Bruder zu suchen. Einen Augenblick zog er an den Fesseln, die ihn festhielten, doch sie gaben keinen Millimeter nach. Er mußte warten. Er fragte sich, wohin er gebracht wurde – ja, warum er überhaupt gefangengenommen worden war. Was hatten die Spinnengnome mit ihm vor?

Er versuchte zu bestimmen, wo er sich befand. Das Licht war zu seiner Linken, der Anfang eines neuen Tages, Osten. Die Spinnengnome waren also auf dem Weg nach Norden. Das schien logisch. Die Spinnengnome hatten zu Brin Ohmsfords Zeiten auf dem Tofferkamm gelebt. Er versuchte, sich das, was er über die Spinnengnome aus den Geschichten der alten Zeit wußte, ins Gedächtnis zu rufen, aber es gelang ihm nicht, sich zu konzentrieren. Brin war ihnen begegnet, als sie, Rone Leah, Cogline, Kimber Boh und die Moorkatze Whisper nach dem vermißten Schwert von Leah gesucht hatten. Doch es gab da noch etwas anderes, etwas über eine Einöde und die schrecklichen Kreaturen, die dort lebten...

Dann fiel es ihm plötzlich ein. Werbestien. Das Wort nistete sich in seinem Kopf ein wie ein Fluch.

Die Spinnengnome bogen in eine enge Schlucht ein. Die Helligkeit im Osten verschwand, und Schatten und Nebel umhüllten sie. In der Ferne flackerte Feuerschein.

Par holte tief Luft. Er wußte, daß sie fast am Ziel sein mußten.

Einen Augenblick später traten sie aus der Schlucht heraus. Überall brannten Feuer, und Hunderte von Spinnengnomen kamen in Sicht. Par wurde ziemlich unsanft fallen gelassen, seine Fesseln durchgeschnitten. Kurze Zeit lag er auf dem Rücken und rieb sich die Gelenke an Händen und Füßen, wobei er feststellte, daß an den Stellen, wo die Fesseln ihm ins Fleisch geschnitten hatten, Blut heraussickerte. Dann zerrte man ihn auf die Beine und schleppte ihn zu einer Höhle im Berghang. Die Spinnengnome schwatzten miteinander in ihrer eigenen Sprache, führten pausenlose Gespräche, die er nicht verstand. Er leistete keinen Widerstand; er konnte sich kaum auf den Beinen halten. Sie trieben ihn an einem kleinen Feuer vorbei, das nahe dem Höhleneingang brannte, und brachten ihn hinein. Die Höhle war nicht mehr als zwanzig Meter lang und an der höchsten Stelle zweieinhalb Meter hoch. An ihrer hinteren Wand waren zwei Eisenringe eingelassen, an denen ihn die Spinnengnome festbanden. Mit Ausnahme von zweien, die als Wachen beim Feuer am Eingang der Höhle zurückgelassen wurden, gingen alle fort.

Par versuchte sich zu sammeln, lauschte der Stille und wartete darauf, was als nächstes passieren würde. Als nichts geschah, ließ er seinen Blick prüfend durch die Höhle gleiten. Man hatte ihn mit weitgespreizten Armen an der Wand zurückgelassen; er war gezwungen, an der Wand zu stehen, denn die Eisenringe waren so hoch angebracht, daß er nicht sitzen konnte. Er prüfte seine Fesseln. Sie waren aus Leder und so eng, daß sie seinen Handgelenken nicht die kleinste Freiheit gestatteten.

Einen Augenblick packte ihn reine Verzweiflung. Aber die anderen würden bestimmt nach ihm suchen – Morgan, Steff, Teel. Wahrscheinlich hatten sie Coll bereits gefunden. Sie würden den Spuren der Spinnengnome folgen und kommen, um ihn zu holen. Sie würden ihn finden und befreien.

Er schüttelte den Kopf. Er machte sich selbst etwas vor, das wußte er. Es war fast dunkel gewesen, als die Gnome ihn verschleppt hatten, und der Regen hatte das Seine dazu beigetragen, die Spuren zu verwischen. Das Beste, das er sich erhoffen konnte, war, daß sie Coll gefunden und er ihnen von den Geschehnissen berichtet hatte.

Die Zeit verrann, aus den Sekunden wurden Minuten und aus den Minuten Stunden. Die Dunkelheit vor der Höhle erhellte sich geringfügig, und mit den schwachen Strahlen des Tageslichts drang Wärme herein. Hätten nicht die zwei am Höhleneingang gehockt, hätte Par glauben können, alle seien verschwunden. Der Tag ging dahin. Ein einziges Mal erhob sich einer der Wächter und brachte ihm einen Becher mit Wasser. Er trank es so gierig aus den Händen, die es ihm darboten, daß er das meiste verschüttete und sein Hemd durchnäßte. Langsam nagte auch der Hunger an ihm, aber niemand brachte ihm zu essen.

Par wartete voller Zuversicht und vergaß dabei zum erstenmal die Schmerzen in seinem Körper, den Hunger und die Angst. Irgend etwas würde geschehen. Er spürte es genau.

Das, was geschah, hätte er beim besten Willen nicht erwartet. Er versuchte wieder, seine Fesseln abzustreifen; sein Schweiß begann langsam, sie zu lockern, als eine Gestalt aus der Dunkelheit auftauchte. Sie ging um das am Eingang brennende Feuer herum, trat ins Licht und blieb stehen.

Es war ein Kind.

Par blinzelte.

Das Kind war ein Mädchen, ungefähr zwölf Jahre alt, ziemlich groß und mager, mit dunklem, strähnigem Haar und tiefliegenden Augen. Sie gehörte nicht der Gnomenrasse, sondern der Menschenrasse an; es war eine Südländerin in einem zerlumpten Kleid, abgetragenen Stiefeln und mit einem kleinen silbernen Medaillon um den Hals. Neugierig sah sie ihn an, taxierte ihn wie einen herumstreunenden Hund und trat auf ihn zu. Sie hob eine Hand, um ihm das Haar aus dem Gesicht zu streichen. »Elfe«, sagte sie leise.

Par starrte sie an. Was hatte dieses Kind unter den Spinnengnomen verloren? »Binde mich los«, bettelte er.

Sie schaute ihn an, ohne ein Wort zu sagen.

»Binde mich los!« wiederholte Par. Er spürte, wie ihm Zweifel kamen. Irgend etwas stimmte hier nicht.

»Ich drücke dich«, sagte das Mädchen plötzlich. Sie kam auf ihn zu, schlang ihre Arme um ihn, und schon hing sie an ihm, fest wie ein Blutegel. Sie klammerte sich an ihn, vergrub sich in seinen Körper, flüsterte immer wieder Worte, die er nicht verstand.

Was war los mit diesem Kind? fragte er sich bestürzt. Er spürte, wie sich der Druck ihrer Hände verstärkte, wie sie forderte, forderte. Der Schock überwältigte ihn. Sie war ganz nah, sie verkroch sich in ihn, vergrub sich in ihn, sie drang in ihn ein, sie verschmolz mit ihm, sie wurde ein Teil von ihm.

Verdammt! Was war hier los?

Der Ekel, der in ihm aufstieg, kam so unerwartet, daß er erschauerte. Er schrie, schüttelte sich vor Entsetzen, schlug verzweifelt um sich, bis es ihm schließlich gelang, sie wegzuschleudern. Sie fiel zu Boden, und ihr kindliches Gesicht verwandelte sich in eine abscheuliche Fratze.

»Gib mir die Magie!« krächzte sie mit einer Stimme, die keine Ähnlichkeit mehr mit der eines Kindes hatte.

Jetzt war ihm alles klar. »Nein, nein«, flüsterte er und nahm alle seine Kraft zusammen, als sie sich wieder vom Boden erhob.

Dieses Kind war ein Schattenwesen!

»Gib sie mir!« wiederholte sie mit fordernder Stimme. »Laß mich in dich eindringen und sie kosten!«

Sie näherte sich ihm, eine spindeldürre Gestalt, und streckte ihre Hände nach ihm aus.

Er schlug wie wild um sich.

Sie lächelte boshaft und trat zurück. »Du gehörst mir«, sagte sie leise. »Die Gnome haben dich mir überlassen. Ich werde deine Magie bekommen. Überlaß dich mir. Spür doch nur, wie ich mich anfühle!«

Sie näherte sich ihm wie eine Katze der Maus, vermied dabei seine Stöße und krallte sich mit einem schaurigen Heulen an ihm fest. Er zwang sich, nach unten zu sehen, und bemerkte die Gestalt im Körper des Kindes, die versuchte, in den seinen einzudringen. Das Schattenwesen suchte. Er warf den Kopf zurück, biß die Zähne aufeinander, machte seinen Körper so hart wie Stahl und kämpfte dagegen an. Das Schattenwesen versuchte, ihn in Besitz zu nehmen. Es versuchte sich mit ihm zu vereinen!

Er stieß einen Schrei aus, ein Gebrüll aus Zorn und Qual, das die Magie des Wunschlieds freisetzte. Er verband keine Bilder damit, denn er wußte, daß selbst sein furchterregendstes Bild nichts gegen diese Bestien ausrichten konnte. Das Bild ergab sich ohne sein Zutun, befreite sich aus einem dunklen Winkel seines Wesens, um eine Gestalt anzunehmen, die er nicht erkannte. Es war etwas Dunkles, Unerkenntliches, das ihn umspann wie die Fäden einer Spinne. Das Schattenwesen zischte und wich zurück, spuckte und schlug seine Krallen in die Luft. Es fiel noch einmal zu Boden, der Körper des Kindes wurde von einer unsichtbaren Kraft gekrümmt und geschüttelt.

Er wußte nicht, was er getan hatte oder wie er es getan hatte, aber das Schattenwesen im Körper des Kindes war verschwunden. Das Kind erhob sich langsam und richtete sich auf, ein Kind im wahrsten Sinne des Wortes, zerbrechlich und verloren. Aus dunklen Augen schaute sie ihn an und sagte schwach: »Drück mich.«

Dann rief sie in die Dunkelheit hinaus, und Spinnengnome kamen zum Vorschein, zu mehreren Dutzend sich vor dem Kind verbeugend, während sie in die Höhle traten. Sie sprach zu ihnen in ihrer eigenen Sprache, und Par erinnerte sich daran, wie abergläubisch diese Kreaturen waren und Götter und alle möglichen Geister anbeteten. Und jetzt waren sie im Bann dieses Mädchens. Er wollte schreien.

Die Spinnengnome kamen auf ihn zu, lockerten seine Fesseln, die ihn festhielten, packten ihn an Armen und Beinen und schleppten ihn weg. Das Kind stellte sich ihnen in den Weg. »Drück mich!«

Er schüttelte den Kopf und versuchte gleichzeitig, den Dutzenden von Händen, die ihn festhielten, zu entkommen. Sie zerrten ihn nach draußen, dorthin, wo der Rauch der Feuer und der Nebel der Täler sich wie Träume im Schlaf vermischten und sich im Kreis drehten. Am Rand des Abhangs brachte man ihn zum Stehen, und sein Blick fiel hinunter in eine unendliche Leere.

Das Kind mit der leisen und heimtückischen Stimme war immer an ihrer Seite. »Das Altmoor«, flüsterte sie. »Hier leben die Werbestien. Kennst du Werbestien, Elfenjunge?« Er erstarrte. »Sie sollen dich haben, wenn du mich nicht drücken willst. Sie sollen sich an dir laben trotz deiner Zauberkraft.«

Es gelang ihm, sich loszureißen, seine Bewacher wegzuschleudern. Er bot die gesamte Kraft des Wunschlieds auf und warf den Spinnengnomen, die ihn umringten, die Bilder entgegen, in dem verzweifelten Versuch, sich einen Weg durch ihre Mitte zu bahnen. Er stürzte den Abhang hinunter, fiel in den unendlichen Abgrund, in den Strudel von Dunst und Nebel. Hinter ihm verschwanden das Schattenwesen, die Spinnengnome, die Feuer, die Höhle. Er stürzte hinunter, Hals über Kopf, durch Gestrüpp und Gras, über Spalten und zwischen Felsbrocken hindurch. Wie durch ein Wunder verfehlte er die Felsen, die ihn hätten töten oder für immer zum Krüppel machen können, und fiel schließlich in eine unheilvolle Finsternis.

Als er wieder zu sich kam, wußte er nicht, wie lange er bewußtlos gewesen war. Er erwachte auf einem Bett von feuchten Sumpfgräsern. Die Gräser, das wurde ihm klar, mußten seinen Fall gedämpft und ihm somit das Leben gerettet haben. Unfähig, sich zu bewegen, und jeder Kraft beraubt, lauschte er dem Schlagen seines Herzens in seiner Brust. Als er sich etwas erholt hatte, stellte er sich vorsichtig auf die Beine und untersuchte seinen Körper. Er war übersät mit Schnitt- und Schürfwunden, aber anscheinend hatte er keine Brüche davongetragen. Er horchte in die Stille. Weit oben hörte er die Stimmen der Spinnengnome.

Er wußte, daß sie herabkommen würden, um ihn zu holen. Er mußte von hier weg.

Er schaute sich um. Nebel und Schatten jagten durch eine halbdunkle Welt; der Einbruch der Nacht stand kurz bevor. Kleine, fast unsichtbare Dinge hüpften und sprangen durch das hohe Gras. Überall um ihn herum blubberten Schlamm und Schlick. Verkrüppelte Bäume, die zu bizarren Formen erstarrt waren, bestimmten die Landschaft. Geräusche drangen aus allen Richtungen an sein Ohr.

Um ruhiger zu werden, atmete Par tief ein. Er wußte ungefähr, wo er sich befand. Er war auf dem Tofferkamm gewesen. Sein Sturz hatte ihn vom Kamm in das Altmoor fallen lassen. In seinem Bemühen, seinem Schicksal zu entrinnen, hatte er es nur beschleunigt. Er hatte sich unfreiwillig genau dorthin begeben, womit das Schattenwesen ihm gedroht hatte – in das Gebiet der Werbestien.

Er nahm all seinen Mut zusammen und machte sich auf den Weg. Er befand sich am Rande des Moors, beruhigte er sich selbst, noch nicht mitten drin, noch nicht völlig verloren. Er konnte entkommen. Aber er mußte schnell handeln.

Fast spürte er, wie die Werbestien ihn beobachteten.

Die Geschichten über die Werbestien stiegen jetzt vor seinem geistigen Auge auf. Sie besaßen die alte Magie, Monster, die verirrte Kreaturen, die sich ins Moor gewagt oder dorthin geschickt worden waren, überfielen, sich ihrer körperlichen und geistigen Kraft bemächtigten und ihr Leben aussaugten. Die Spinnengnome stellten ihre Hauptnahrung dar; sie hielten die Werbestien für Geister, die Beschwichtigung verlangten, und demgemäß opferten sie sich. Par erschauerte bei dem Gedanken daran, denn genau dieses Schicksal hatte das Schattenwesen ihm zugedacht.

Müdigkeit zwang ihn, sein Tempo zu verlangsamen, und ließ ihn unsicher werden. Mehrere Male stolperte er, und einmal trat er sogar in einen Sumpf, doch es gelang ihm, sich schnell wieder herauszuziehen. Sein Blick war verschwommen, und Schweiß rann ihm den Rücken hinunter. Die aus dem Moor aufsteigende Hitze war erdrückend. Er warf einen Blick zum Himmel und bemerkte mit Schrecken, daß die Dunkelheit sich schnell herabsenkte. Bald würde es stockdunkel sein.

Dann würde er überhaupt nichts mehr sehen können.

Ein riesiger Schlammpfuhl versperrte ihm den Weg und damit den Zugang zu dem Bergkamm. Er bewegte sich schnell am Rande des Sumpfs entlang und horchte gleichzeitig auf Geräusche von Verfolgern. Er hörte keine. Die Finsternis wurde immer schwärzer. Er erreichte das Ende des Pfuhls, marschierte weiter und weiter, um Sümpfe herum, und spähte durch die Dunkelheit.

Er konnte den Tofferkamm nicht ausmachen.

Die Angst, die ihn zu überwältigen drohte, veranlaßte ihn, schneller zu gehen. Er erkannte, daß er sich verirrt hatte – weigerte sich aber, diese Tatsache zu akzeptieren. Er suchte weiter, unfähig, sich einzugestehen, daß er sich in der Richtung getäuscht hatte. Der Kamm war doch eben noch da gewesen. Wie hatte er sich nur so verlaufen können?

Endlich blieb er stehen, unfähig, die Suche fortzusetzen. Es war sinnlos, weiterzugehen, denn er hatte keine Ahnung, wohin er ging. Er würde nichts weiter tun, als endlos umherzuwandern, bis ihn entweder der Sumpf oder die Werbestien verschlangen. Es war klüger, auszuharren und zu kämpfen.

Es war eine seltsame Entscheidung, die mehr von der Müdigkeit als von der Vernunft bestimmt wurde. Denn welche Hoffnung blieb ihm, wenn er dem Moor nicht entkam, und wie konnte er dem Moor entkommen, wenn er an Ort und Stelle stehen blieb? Aber er war müde, und der Gedanke an ein blindes Weitergehen behagte ihm nicht. Und er mußte immer wieder an dieses Kind denken, das Schattenwesen – daran, wie es vor ihm zurückgewichen war, entsetzt über etwas in seiner Zauberkraft, von dessen Existenz er bis dahin selbst nichts gewußt hatte. Auch jetzt wußte er nicht zu sagen, was es war, aber falls es ihm gelingen sollte, es wieder einzusetzen, würden sich seine Chancen gegenüber den Werbestien und sonstigen Dingen, die das Moor für ihn bereithielt, entscheidend verbessern.

Einen Augenblick sah er sich um, bevor er sich einem kleinen Hügel zuwandte, der auf zwei Seiten von Sümpfen, auf der dritten von aufragenden Felsen umgeben und deshalb nur von einer Seite begehbar war. Er erklomm die Anhöhe, auf der er sich niederließ und von der aus er in den Nebel und die Nacht hinausstarrte. Hier wollte er bleiben, bis der neue Tag anbrach.

Die Minuten vergingen. Die Nacht brach herein, der Nebel verdichtete sich.

Er sah das Schattenwesen erst, als es fast schon auf ihm war. Wieder war es das Mädchen. Sie trat scheinbar aus dem Nichts heraus, nur wenige Meter vor ihm, und er erschrak über die Unerwartetheit ihres Auftauchens. »Komm mir nicht näher!« warnte er, während er schnell hochsprang. »Wenn du versuchst, mich anzurühren …«

Das Schattenwesen verwandelte sich in einen schimmernden Nebel und verschwand.

Par atmete tief ein. Es war doch kein Schattenwesen, dachte er, sondern eine Werbestie und auch nicht so stark, da es ihm gelungen war, sie mit nichts als einer Drohung zu verjagen.

Irgendwo in der Ferne, weit weg von ihm, hörte er einen einzigen Schrei, einen kurzen Schrei des Entsetzens. Sofort war alles wieder ruhig.

Er starrte wachsam in den Nebel hinaus. Er dachte an die Umstände, die ihn hierher gebracht hatten – an seine Flucht vor der Föderation, an seine Träume, an seine Begegnung mit dem alten Mann und an seine Suche nach Walker Boh. Ein Gefühl der Enttäuschung beschlich ihn, Enttäuschung darüber, daß er nicht mehr erreicht hatte. Er grübelte über sein Gespräch mit Walker nach. Walker war der Meinung, die Magie des Wunschliedes sei keine Gabe. Par schüttelte den Kopf. Vielleicht hatte Walker ja recht. Vielleicht hatte er, Par, sich die ganze Zeit selbst etwas vorgemacht.

Aber irgend etwas an dieser Magie hatte das Schattenwesen in Angst und Schrecken versetzt. Irgend etwas.

Aber nur das Kind, nicht die anderen, denen er begegnet war.

Was war anders gewesen?

Er fühlte wieder eine Bewegung am Rande des Nebels, und eine Gestalt löste sich aus ihm und kam auf ihn zu. Es war das zweite Schattenwesen, die große, watschelnde Kreatur, der sie am Rande des Anar begegnet waren. Grunzend und mit einer riesigen Keule in der Hand bewegte sie sich auf ihn zu. Einen Augenblick lang vergaß er, wem er gegenüberstand. Er geriet in Panik, weil er sich daran erinnerte, daß das Wunschlied gegen dieses Schattenwesen nichts hatte ausrichten können, daß er hilflos gewesen war. Er machte einen Schritt zurück, bevor er sich wieder fing, seine Verwirrung abschüttelte und seine Gedanken zusammennahm. Ganz instinktiv setzte er das Wunschlied ein, wobei seine Magie das genaue Abbild der ihm gegenüberstehenden Kreatur erschuf, ein Bild, in das er sich selbst einhüllte. Ein Schattenwesen stand dem anderen Schattenwesen gegenüber. Dann begann die Werbestie zu flimmern und sich im Nebel aufzulösen.

Par verhielt sich regungslos, und das Bild, das ihn umgab, löste sich in nichts auf. Er nahm wieder Platz. Wie lange würde er so weitermachen können?

Er fragte sich, ob Coll in Ordnung war, und dachte daran, wie sehr er seinen Bruder brauchte.

Coll.

Er überließ sich seinen Gedanken, die zu anderen Dingen abschweiften. Seine Magie mußte einen Zweck haben, sagte er sich ernst. Es war keineswegs so, wie Walker behauptet hatte. Er besaß die Magie des Wunschliedes aus einem ganz bestimmten Grund; sie war mit Sicherheit eine Gabe. Die Antwort darauf würde er am Hadeshorn finden. Er würde sie erfahren, wenn er mit Allanon sprach. Er mußte sich einfach aus diesem Moor befreien und...

Mehrere schattenhafte Gestalten lösten sich aus dem Nebel vor ihm. Die Werbestien hatten beschlossen, nicht länger zu warten. Er sprang auf und stellte sich ihnen entgegen. Sie schoben sich langsam näher, zuerst eine, dann noch eine, alle ohne erkennbare Formen, denn sie verwandelten sich so geschwind wie Nebel.

Dann sah er Coll, der aus der Dunkelheit hinter den Schatten herausgezerrt und von körperlosen Händen festgehalten wurde, sein Gesicht aschfahl und blutverschmiert. Par spürte eine Eiseskälte in sich aufsteigen.

»Hilf mir«, hörte er seinen Bruder rufen, obwohl er seine Stimme nur im Geist vernahm. »Hilf mir, Par.«

Mit der Magie des Wunschlieds stieß Par einen Schrei aus, doch in der feuchten Luft des Altmoors zerbrach er in tausend einzelne Laute. Par zitterte am ganzen Leib. Himmel! Das war tatsächlich Coll! Sein Bruder kämpfte, versuchte mit aller Kraft, sich zu befreien, während er immer wieder schrie: »Par, Par!«

Ohne lange zu überlegen, kam er seinem Bruder zu Hilfe. Mit einem von ihnen unerwarteten Zorn griff er die Werbestien an. Er schrie, und die Magie des Wunschliedes prallte auf die Kreaturen und schlug sie zurück. Er erreichte Coll, packte ihn und entriß ihn ihren Klauen. Hände griffen nach ihm, berührten ihn. Er spürte den Schmerz, eiskalt und brennendheiß zur gleichen Zeit. Coll hielt Par fest, und der Schmerz wurde stärker. Gift strömte in ihn ein, bitter und herb. Beinahe verließ ihn seine Kraft, aber es gelang ihm, sich auf den Beinen zu halten, seinen Bruder von den Schatten wegzureißen und ihn auf die Anhöhe zu zerren.

Zu ihren Füßen sammelten sich die Schatten, die sie aufmerksam beobachteten. Par brüllte auf sie hinab, wohl wissend, daß er vergiftet war; er spürte, wie das Gift sich in seinem Körper ausbreitete. Coll stand neben ihm.

Die Werbestien kamen immer näher.

Auf den Felsen zu seiner Rechten gewahrte er eine erneute Bewegung, und irgend etwas Riesiges tauchte vor ihm auf. Als Par auszuweichen versuchte, fiel er auf die Knie. Große, glänzende gelbe Augen leuchteten in der Nacht, und ein riesiger schwarzer Schatten trat an seine Seite. »Ondit!« flüsterte er.

Die Moorkatze schlich vorsichtig an ihm vorbei und auf Coll zu. Sie stieß ein langes, gefährliches Knurren aus.

»Coll!« Par rief nach seinem Bruder und machte einen Schritt nach vorne, aber die Moorkatze versperrte ihm schnell den Weg und stieß ihn zurück.

Die Schatten kamen immer näher, nahmen Gestalt an, verwandelten sich in schwerfällige Kreaturen, Körper mit Schuppen und

Haaren, Gesichter mit dämonischen Augen und Mäulern, die vor Hunger weit aufgerissen waren. Ondit fauchte und schlug nach ihnen. Dann entblößte er seine Zähne und riß Coll in Stücke.

Coll – das, was Par für Coll gehalten hatte – verwandelte sich in ein Etwas von unbeschreiblichem Entsetzen, blutüberströmt und zerfetzt, bevor es glühte und verschwand. Par schrie vor Qual und Zorn auf. Irregeführt! Ungeachtet seines Schmerzes und der plötzlichen Übelkeit sang er das Wunschlied zur Vernichtung der Werbestien, Dolche und Pfeile des Zorns, Bilder von Dingen, die dazu bestimmt waren, sie in tausend Stücke zu reißen. Die Werbestien flimmerten, die Zauberkraft traf sie, ohne ihnen Schaden zuzufügen.

Wieder sammelten sie sich und gingen zum Angriff über.

Ondit bemächtigte sich der nächsten Werbestie, die nur einige Dutzend Schritte entfernt war, und schleuderte sie mit einem Hieb seiner großen Pfote von sich. Eine weitere Bestie machte sich an den Kater heran, doch auch diese packte er und warf sie in hohem Bogen von sich. Jetzt traten andere aus dem Nebel hervor, hinter denen, die bereits herankrochen. Zu viele, dachte Par außer sich vor Angst. Er hatte nicht mehr die Kraft zu stehen, denn das Gift der Werbestien durchströmte ihn jetzt immer schneller und drohte ihn in den bekannten schwarzen Abgrund zu stürzen, der sich vor ihm zu öffnen begann.

Dann spürte er eine Hand auf seiner Schulter, ermutigend und stützend, und er hörte, wie eine schneidende Stimme rief: »Ondit!«

Die Moorkatze zog sich zurück, ohne auch nur einen Blick in die Richtung zu werfen, aus der die Stimme ertönte, sondern nur deren Klang gehorchend.

Par hob den Kopf.

Walker Boh stand neben ihm, eingehüllt in schwarze Gewänder und Nebel, mit einem Ausdruck in seinem schmalen, markanten Gesicht, der Par erschauern ließ; seine Haut war so weiß wie Kalk. »Bleib ruhig, Par«, sagte er.

Er ging auf die Werbestien zu. Es waren ihrer jetzt mehr als ein Dutzend. »Geht!« lautete sein einfacher Befehl, während er in die Nacht hineinzeigte.

Die Werbestien bewegten sich nicht von der Stelle.

Walker tat noch einen Schritt auf sie zu, und jetzt war seine Stimme so eisig, daß sie scheinbar die Luft erzittern ließ. »Geht!«

Eine der Bestien streckte die Hand nach ihm aus, ein riesiges Etwas schnappte nach ihm. Walker Boh bewarf die Bestie mit Staub. Flammen schlugen zum Himmel auf, aus einer Explosion, die die Erde erschütterte, worauf die Werbestien spurlos verschwanden.

Walker drehte sich um und kehrte auf die Anhöhe zurück, wo er sich neben Par hinkniete. »Das ist alles meine Schuld«, sagte er leise.

Par bemühte sich zu sprechen, spürte jedoch, wie ihn seine Kräfte verließen. Er war dabei, das Bewußtsein zu verlieren. Zum drittenmal stürzte er in den finsteren Abgrund.

## 12

Par Ohmsford trieb durch eine Welt der Träume. Seine Seele war in seinem Körper und gleichzeitig außerhalb davon, er war zugleich Täter und Zuschauer. Er spürte die stete Bewegung, die manchmal so stürmisch war wie eine Reise auf offenem Meer, dann wieder so sanft wie der Sommerwind, der durch die Bäume streicht. Er sprach mit sich selbst, abwechselnd in der dunklen Stille seines Geistes und dann aus dem

Inneren eines Spiegelbildes. Seine Stimme war ein körperloses Flüstern oder ein donnerndes Gebrüll. Farben erschienen vor seinen Augen, die im nächsten Moment in schwarzweiße Bilder übergingen. Geräusche kamen und gingen. Auf seiner Reise war er alles und nichts.

Die Träume waren seine Wirklichkeit.

Zu Anfang träumte er, daß er fiel, daß er in ein Loch so schwarz wie die Nacht hinunterstürzte. Er fühlte Schmerz und Angst; es gelang ihm nicht, sein Selbst zu finden. Manchmal hörte er Stimmen, die ihn riefen, warnten, beruhigten und in Angst und Schrecken versetzten. Er wurde von Krämpfen geschüttelt. Irgendwie wußte er, daß er, sollte er nicht aufhören zu fallen, für immer verloren sein würde.

Endlich nahm der Fall ein Ende. Er wurde langsamer und kam zum Stehen, und seine Krämpfe ließen nach. Er befand sich inmitten einer Wiese voll Blumen, die in allen Regenbogenfarben leuchteten. Vögel und Schmetterlinge flogen bei seinem Näherkommen auf, und die Düfte, die aus den Feldern aufstiegen, waren mild und gut. Nicht ein Laut war zu hören. Er versuchte selbst einen Laut hervorzubringen, doch er stellte fest, daß er ohne Stimme war. Auch sein Tastsinn war nicht mehr vorhanden. Er fühlte weder sich selbst noch die Welt um sich herum. Er empfand wohltuende und besänftigende Wärme, aber mehr auch nicht.

So trieb er dahin, und eine Stimme tief in seinem Inneren flüsterte ihm zu, daß er tot sei.

Die Stimme, dachte er, war Walker Bohs Stimme.

Dann verwandelte sich die Welt der süßen Düfte und Anblicke in eine Welt der Dunkelheit und der üblen Gerüche. Feuer trat aus der Erde und bespuckte einen zornigen, besudelten Himmel. Schattenwesen huschten und sprangen vorbei, rote Augen funkelten, während sie ihn geißelten, einen Augenblick in der Luft schwebend, im nächsten sich versteckend. Gewitterwolken zogen blitzend über ihm hinweg, geboren aus einem Wind, der ohnmächtig heulte. Er spürte, wie er geschlagen und gestoßen, gleich einem trockenen Blatt über die Erde gewirbelt wurde, und er hielt es für das Ende allen Seins. Als sein Tastsinn und seine Stimme wiederkehrten, spürte er noch einmal den Schmerz, der ihn laut schreien ließ.

»Par?«

Er hörte die Stimme, und dann war sie wieder verklungen – Colls Stimme. Aber diesmal sah er Coll in seinem Traum, ausgestreckt vor einer Felsengruppe, leblos und blutüberströmt, mit Augen, die ihn anklagend ansahen. »Du hast mich allein gelassen. Du hast mich verlassen.« Er schrie, und die Magie des Wunschlieds warf ihre Bilder überall hin. Aber die Bilder verwandelten sich in Ungeheuer, die sich umwandten, um ihn zu verschlingen. Er spürte ihre Zähne und ihre Klauen. Er spürte ihre Berührung...

Er erwachte.

Regen tropfte auf sein Gesicht, und er öffnete die Augen. Dunkelheit umgab ihn und das Gefühl, daß er nicht allein war, ein Gefühl von Bewegung um sich herum und der Geschmack von Blut. Er hörte Schreie, Stimmen, die gegen die Wut eines Sturms anzuschreien versuchten. Er stand auf, würgend, speiend. Hände drückten ihn wieder nieder, glitten über seinen Körper und sein Gesicht.

»...wieder wach, haltet ihn...«

»...zu stark, als besäße er die Kraft von zehn...«

»Walker! Schnell!«

Bäume brachen im Hintergrund, gigantische Gewächse erhoben sich in das beängstigende Schwarz, der Wind heulte aus allen Richtungen. Sie warfen Schatten an die Felswände, die ihnen den Weg versperrten. Par hörte sich schreien.

Die zuckenden Blitze und der rollende Donner erfüllten die Finsternis mit Klängen des Wahnsinns. Eine riesige rote Welle verschleierte seinen Blick.

Plötzlich erschien Allanon – Allanon! Er kam aus dem Nichts, in schwarze Gewänder gehüllt, eine Gestalt aus uralter Zeit. Er beugte sich zu Par nieder; seine Stimme war ein Flüstern, dem es irgendwie gelang, durch das Chaos zu dringen. »Schlaf, Par«, murmelte er beschwichtigend. Eine knochige Hand berührte Par, und das Chaos löste sich in nichts auf und wurde abgelöst von einem grenzenlosen Gefühl des Friedens.

Par trieb wieder weg, weit in sein Selbst hinein, doch jetzt kämpfte er, weil er spürte, daß er leben konnte, wenn er es nur wollte. Ein Teil von ihm erinnerte sich an das Vergangene – daran, daß die Werbestien ihn gefangengenommen hatten, daß ihre Berührung ihn vergiftet, das Gift ihn krank gemacht und die Krankheit ihn in einen schwarzen Abgrund gestürzt hatte. Walker war gekommen, um ihn zu holen, hatte ihn gefunden und vor den Bestien gerettet. Er sah Ondits riesige gelbe Augen, die ihn warnend anblinzelten, bevor sich seine Lider senkten. Er sah Coll und Morgan. Er sah Steff, sein zynisches Lächeln, und Teel, die still wie immer war.

Er sah das mädchenhafte Schattenwesen, das wieder um eine Umarmung bat und versuchte, in ihn einzudringen. Er spürte, wie er sich wehrte, sah, wie sie zurückgeworfen wurde, beobachtete, wie sie verschwand. Himmel! Sie hatte versucht, in ihn einzudringen, sich Zugang zu ihm zu verschaffen und er selbst zu werden! Das war es also, dachte er in einem Anflug von Verstehen – körperlose Schattenwesen ergriffen Besitz von den Körpern von Männern, Frauen oder Kindern.

Aber hatten Schattenwesen ein eigenes Leben?

Seine Gedanken kreisten um nicht zu beantwortende Fragen. Sein Geist schlief, und seine Reise durch das Land der Träume ging weiter. Er kletterte auf Berge, die von Kreaturen wie dem Nager bewohnt waren, überquerte Flüsse und Seen aus Nebeln und unsichtbaren Gefahren, durchwanderte Wälder, in die kein einziger Lichtstrahl drang, und geriet in Sümpfe, in denen sich Nebelschwaden in luftlosen, leeren Hexenkesseln bewegten.

»Helft mir«, bat er. Aber es war niemand da, der ihn hätte hören können.

Die Zeit schien stehenzubleiben. Die Reise nahm ein Ende, und die Träume lösten sich in nichts auf. Nach einer kurzen Pause kam das Erwachen. Er wußte, daß er geschlafen hatte, aber nicht, wie lange er geschlafen hatte. Er wußte lediglich, daß, nachdem die Träume geendet hatten, er in einen traumlosen Schlaf gefallen war. Wichtiger war jedoch das Wissen, daß er lebte.

Behutsam streckte er eine Hand aus, spürte die Weichheit von Bettwäsche und wußte, daß er ausgestreckt auf einem Bett lag, warm und geborgen.

Dann öffnete er die Augen. Er befand sich in einem kleinen, spärlich eingerichteten Raum, der von einer Lampe erhellt wurde, die auf einem Tischchen neben seinem Bett stand. Die Wände des Zimmers waren kahl, die Deckenbalken lagen frei. Ein Federbett umhüllte ihn, und Kissen stützten seinen Kopf. Wo die Vorhänge der Fenster nicht ganz geschlossen waren, konnte er sehen, daß es draußen Nacht war.

Morgan Leah döste in einem Stuhl, der noch im Lichtschein der Lampe stand; sein Kinn lag auf seiner Brust, seine Arme waren locker verschränkt.

»Morgan«, rief Par.

Der Hochländer schlug die Augen auf, und sein Falkengesicht nahm sofort einen wachen Ausdruck an. Er sprang vom Stuhl auf. »Par! Par, bist du wach? Großer Gott, wir haben uns solche Sorgen um dich gemacht!« Er stürzte ans Bett, um seinen Freund zu umarmen, besann sich aber eines Besseren. »Wie fühlst du dich? Bist du in Ordnung?«

Par grinste schwach. »Das weiß ich noch nicht. Ich bin immer noch am Aufwachen. Was ist passiert?«

»Was alles *nicht* passiert ist, solltest du fragen!« erwiderte der andere aufgeregt. »Weißt du, daß du beinahe gestorben wärst?«

Par nickte. »Ich habe es vermutet. Was ist mit Coll?«

»Er schläft und wartet darauf, daß du aufwachst. Ich hab' ihn vor einigen Stunden zu Bett gebracht, als er vom Stuhl gefallen ist. Du kennst ja Coll. Warte, ich hol' ihn.« Er lächelte. »Warte, sag' ich zu dir, als ob du irgendwohin gehen könntest. Sehr komisch.«

Par lagen hundert Dinge auf dem Herzen, die er aussprechen, Fragen, die er stellen wollte, aber der Hochländer war bereits zur Tür hinaus. Par blieb ruhig liegen. Das einzige, was zählte, war, daß es Coll gut ging.

Fast augenblicklich kehrte Morgan mit Coll zurück, und Coll zögerte im Gegensatz zu Morgan keine Sekunde lang, bevor er sich zu Par hinunterbeugte und ihn vor lauter Freude fast erdrückte. Par umarmte ihn ebenfalls, wenn auch schwach, und die drei lachten, als hätten sie soeben den besten Witz ihres Lebens gehört.

»Himmel, wir dachten, du wärst verloren!« rief Coll. Er trug einen Verband an seiner Stirn, und sein Gesicht schien blaß. »Du warst sehr krank, Par.«

Par lächelte und nickte. »Kann mir denn jemand sagen, was geschehen ist?« Seine Augen wanderten von einem zum anderen. »Wo sind wir hier überhaupt?«

»In Storlock«, verkündete Morgan. »Walker Boh hat dich hergebracht.«

»Walker?«

»Hab' mir gedacht, daß du überrascht sein wirst, wenn du das erfährst – daß Walker Boh aus dem Wildewald herausgekommen ist.« Morgan seufzte. »Tja, das ist eine lange Geschichte, und so wie ich das sehe, fangen wir am besten von vorne an.«

Genau das tat er auch. Mit der Hilfe von Coll erzählte er die Geschichte, wobei die beiden einander in ihrem Eifer, auch ja nichts außer Acht zu lassen, fast ständig unterbrachen. Par hörte mit steigender Überraschung zu, während sich die Geschichte vor ihm entfaltete.

Coll, so schien es, verfing sich in einer Schlinge der Spinnengnome, als diese sie auf der Lichtung am Ostende des Kamintales überfallen hatten. Er war zwar nur betäubt, doch als er das Bewußtsein wiedererlangte, waren Par und die Angreifer fort. Da es in Strömen geregnet hatte, waren die Spuren am Boden schnell verschwunden, und Coll war sowieso zu schwach, um die Verfolgung aufzunehmen. Er stolperte also zurück zur Hütte, wo er die anderen vorfand, und erzählte ihnen, was sich ereignet hatte. Obwohl es jetzt bereits dunkel war und immer noch regnete, bestand Coll darauf, daß sie sich auf den Weg machten und nach seinem Bruder suchten. Morgan, Steff, Teel und er selbst tappten stundenlang im Dunkeln herum und fanden nichts. Steff drang darauf, die Suche zu unterbrechen, auszuruhen und am nächsten Morgen weiterzusuchen.

»Wir trennten uns«, erzählte Coll, »weil wir versuchen wollten, ein möglichst großes Gebiet im nördlichen Tal zu durchsuchen. Aus den Geschichten von Brin und Jair Ohmsford wußte ich, daß die Spinnengnome auf dem Tofferkamm leben und es deshalb einleuchtend schien, daß sie von dort gekommen waren. Das hoffte ich wenigstens, weil wir sonst keine Anhaltspunkte hatten. Wir beschlossen, daß wir, sollten wir dich nicht sofort finden, bis zum Tofferkamm weitergehen würden.« Er schüttelte den Kopf. »Wir waren ziemlich verzweifelt.«

»Das waren wir«, pflichtete ihm Morgan bei.

»Jedenfalls war ich auf dem Weg zum nordöstlichen Rand des Tales, als völlig unerwartet Walker und diese riesige Katze, die so groß ist wie ein Haus, auftauchten. Er wollte wissen, was uns zugestoßen sei. Ich war dermaßen überrascht, ihn zu sehen, daß es mir gar nicht in den Sinn kam, ihn zu fragen, was er dort machte oder warum er nach dem ganzen Versteckspiel nun doch beschlossen hatte, zum Vorschein zu kommen. Ich habe ihm also nur erzählt, was er wissen wollte.«

»Weißt du noch, was er dazu gesagt hat?« unterbrach ihn Morgan, während seine grauen Augen, in denen eine Spur von Bosheit blitzte, Pars Augen suchten.

»Er sagte: ›Warte hier! Diese Sache ist nichts für dich; ich werde ihn zurückbringen‹, als ob wir Kinder wären, die verbotene Spiele spielen.«

»Aber er hat sein Wort gehalten«, bemerkte Morgan.

Coll seufzte. »Nun, das stimmt«, gab er widerwillig zu.

Walker Boh war einen ganzen Tag und eine Nacht weg gewesen, doch als er zum Kamin zurückkehrte, wo Coll und seine Gefährten gewartet hatten, brachte er Par mit sich. Par war dem Tode nahe. Die einzige Überlebenschance, die ihm laut Walker blieb, gab es in Storlock, der Gemeinde der Gnomenheiler. Die Stors hatten Erfahrung in der Behandlung von Krankheiten der Seele und des Geistes und konnten das Gift der Werbestien bekämpfen.

Sie machten sich sofort auf den Weg, sechs an der Zahl. Sie waren vom Kamin und dem Wildewald nach Westen gewandert, folgten dem Mangoldstrom aufwärts bis zum Wolfsktaag, überquerten den Jadepaß und erreichten schließlich das Dorf der Stors. Obwohl sie fast ununterbrochen gewandert waren, hatten sie zwei Tage gebraucht. Wäre Walker nicht gewesen, der mit Hilfe seiner Zauberkraft verhindert hatte, daß sich das Gift weiter in Pars Körper ausbreitete, wäre Par gestorben. Zuweilen hatte Par um sich geschlagen und geschrien, hatte Fieberträume gehabt und Blut gespuckt – einmal sogar inmitten eines furchtbaren Sturms, in den sie auf dem Jadepaß geraten waren.

»Wir sind seit drei Tagen in Storlock, und heute bist du zum erstenmal aufgewacht«, endete Coll. »Du warst dem Tod nahe, Par.«

Par sagte nichts. Obwohl seine Erinnerungen verschwommen waren, spürte er nur allzu gut, wie nahe er seinem Ende gewesen war. »Wo ist Walker?« fragte er schließlich.

»Das wissen wir nicht«, erwiderte Morgan achselzuckend. »Seit wir angekommen sind, haben wir ihn nicht mehr gesehen. Er ist einfach verschwunden.«

»Zurück in den Wildewald, nehme ich an«, fügte Coll mit Bitterkeit in der Stimme hinzu.

»Aber, aber, Coll«, beschwichtigte ihn Morgan.

Coll hob die Hände. »Ich weiß, Morgan – ich sollte ihn nicht tadeln. Er war da, als wir ihn gebraucht haben. Er hat Par das Leben gerettet, und dafür bin ich dankbar.«

»Außerdem glaube ich, daß er immer noch in der Nähe ist«, sagte Morgan leise. Als die anderen beiden ihn fragend ansahen, zuckte er nur die Schultern.

Par erzählte ihnen, was sich nach seiner Gefangennahme durch die Spinnengnome zugetragen hatte. Er war davon überzeugt, daß die Spinnengnome nur dazu ausgeschickt worden waren, ihn zu finden, denn andernfalls hätten sie auch Coll gefangengenommen. Das Schattenwesen hatte sie geschickt, das kleine Mädchen. Trotzdem blieb die Frage, wie sie wissen konnte, wer er war oder wo er zu finden war.

Schweigen senkte sich über den Raum, als sie ihren Gedanken nachhingen. »Die Magie«, meinte Morgan schließlich. »Sie haben sich scheinbar alle für die Magie interessiert. Auch diese Kreatur muß sie gefühlt haben.«

»Bis zum Tofferkamm?« Voller Zweifel schüttelte Par den Kopf.

»Und warum haben sie es dann nicht auch auf Morgan abgesehen?« fragte Coll plötzlich. »Schließlich gebietet er über die Magie des Schwertes von Leah.«

»Nein, nein, an dieser Art von Zauberkraft sind sie nicht interessiert«, antwortete Morgan sogleich. »An der Art von Magie, die Par besitzt, sind sie interessiert, sie sind von ihr geradezu angezogen – von einer Zauberkraft, die dem Körper oder Geist entspringt.«

»Das Schattenwesen hat versucht, in mich einzudringen«, sagte Par schließlich. »Es wollte sich mit mir vereinen, ein Teil von mir werden. Es wiederholte immer wieder: ›Drück mich, drück mich.‹«

Sie unterhielten sich noch ein Weilchen, grübelten über das Wenige, das sie über die Schattenwesen wußten, und über deren Interesse an der Magie nach. Dann erhoben sich Coll und Morgan. »Es ist Zeit für Par, sich auszuruhen«, bestimmten sie. Er war immer noch krank, immer noch schwach, und er mußte wieder zu Kräften kommen.

Par erinnerte sich plötzlich an das Hadeshorn. Wie viel Zeit blieb ihnen bis zum neuen Mond?

Coll seufzte. »Vier Tage – falls du immer noch gehen willst.«

Im Hintergrund sagte Morgan: »Wir sind in der Nähe, wenn du uns brauchst. Wunderbar, daß es dir wieder gut geht, Par.« Er schlüpfte zur Tür hinaus.

»Ja, wunderbar«, pflichtete Coll bei und drückte die Hand seines Bruders.

Als sie das Zimmer verlassen hatten, lag Par noch eine Zeitlang mit offenen Augen da und überließ sich seinen Gedanken. Fragen drängten sich ihm auf, die auf Antworten warteten, die er nicht geben konnte. Er war gejagt und verfolgt worden, von Varfleet bis zum Regenbogensee, von Culhaven bis zum Kamin, von der Föderation und den Schattenwesen, von Dingen, die er entweder nur vom Hörensagen kannte oder von deren Existenz er überhaupt nichts gewußt hatte. Alles drehte sich um die Magie, und trotzdem hatte ihm die Magie im Grunde genommen nichts genützt. Er war ständig auf der Flucht vor dem einen oder auf der Suche nach dem anderen, ohne das eine oder andere wirklich zu verstehen. Er fühlte sich hilflos.

Er schlief bis tief in den nächsten Tag hinein. Als er erwachte, regnete es. Er konnte das Tageslicht durch den Spalt zwischen den Vorhängen sehen. In der Ferne hörte er ein Donnergrollen, das in langem, ungleichmäßigem Getöse zu ihm ins Zimmer drang.

Er stützte sich auf einen Ellbogen auf und gewahrte, daß in einem kleinen Ofen ein Feuer brannte, das den Raum mit wohliger Wärme erfüllte und ihm ein Gefühl der Sicherheit verlieh. Neben seinem Bett standen Tee und Kekse. Er setzte sich auf und zog Tee und Kekse zu sich heran.

Er trank gerade die dritte Tasse Tee, als sich die Tür lautlos öffnete und Walker Boh im Zimmer erschien. Sein Onkel hielt kurz inne, als er bemerkte, daß Par wach war, schloß dann leise die Tür und kam an sein Bett. Er war in waldgrüne Gewänder gehüllt. »Fühlst du dich besser?« fragte er leise.

Par nickte und stellte seine Tasse beiseite. »Ich glaube, ich muß mich bei dir bedanken. Du hast mich vor den Werbestien gerettet. Es war deine Idee, mich nach Storlock zu bringen. Coll und Morgan haben mir erzählt, daß du sogar Zauberkraft eingesetzt hast, damit ich die Reise überstünde.«

»Zauberkraft.« Leise wiederholte Walker das Wort. »Mein Erbe von Brin Ohmsford. Ich bin nicht mit dem Fluch ihrer gesamten Kraft belegt – nur mit einem Teil davon. Trotzdem verwandelt er sich hin und wieder in die Gabe, die er deiner Meinung nach ist. Dann bin ich in der Lage, auf ein anderes Lebewesen Einfluß zu nehmen, seine Lebenskraft zu spüren und sie manchmal sogar zu stärken – obwohl ich nicht weiß, ob man das Zauberkraft nennen kann.«

»Und das, was du zu meinem Schutz mit den Werbestien gemacht hast, war das nicht Zauberkraft?«

Die Augen seines Onkels wandten sich von ihm ab. »Das habe ich gelernt«, sagte er schließlich.

Par wartete einen Augenblick, doch als sein Onkel dem nichts hinzufügte, sagte er: »Auf jeden Fall bin ich dir sehr dankbar.«

Der andere schüttelte den Kopf. »Ich verdiene deinen Dank nicht. Es war meine Schuld, daß es überhaupt so weit gekommen ist.« Er setzte sich auf die Bettkante. »Wenn ich dich beschützt hätte, so wie es meine Aufgabe gewesen wäre, wäre es den Spinnengnomen niemals gelungen, in das Tal einzudringen. Sie konnten es deshalb tun, weil ich mich lieber von dir ferngehalten habe. Du hast alle möglichen Risiken auf dich genommen, um mich zu finden; ich hätte wenigstens dafür sorgen müssen, daß dir, nachdem du mich gefunden hattest, nichts zustößt. Ich habe versagt.«

»Ich gebe dir keine Schuld an dem, was geschehen ist«, sagte Par schnell.

»Aber ich gebe mir die Schuld.« Walker erhob sich, trat zum Fenster und starrte in den Regen hinaus. »Ich lebe allein, weil ich es so wollte. Aber zuweilen vergesse ich, daß es nicht das Gleiche ist, ob man allein ist oder sich vor den anderen versteckt. Auch der Abstand, den wir zwischen uns und den anderen errichten können, hat seine Grenzen – weil in unserer Welt das Absolute keinen Platz hat. Ich habe mich versteckt, als du nach mir gesucht hast. Deshalb warst du schutzlos.«

Par verstand nicht, was Walker damit sagen wollte, aber er zog es vor, ihn nicht zu unterbrechen.

Walker wandte sich vom Fenster ab. »Ich habe dich in der ganzen Zeit, seit du hier bist, erst einmal besucht, heute«, sagte er, während er sich dem Bett näherte. »Weißt du das?«

Par nickte und schwieg.

»Du sollst nicht glauben, daß ich dich mißachten wollte. Aber ich wußte, daß du in Sicherheit bist, daß es dir gut gehen würde, und ich brauchte Zeit zum Nachdenken. Nachdem die Stors mir berichtet haben, daß du aufgewacht bist, daß das Gift deinen Körper verlassen hat, habe ich beschlossen, dich zu besuchen.« Walkers Blick schweifte ab. Als er weitersprach, schien er seine Worte sorgfältig zu wählen. »Ich habe über die Träume nachgedacht. Ich habe damit gerechnet, daß du kommen würdest, als die Träume begannen. Ich habe über diese Möglichkeit nachgedacht und mir überlegt, was ich dir sagen könnte.« Er hielt inne. »Wir sind uns auf eine gewisse Weise ähnlich, Par. Wir sind beide Erben der Magie; doch dazu kommt, daß wir eine vorbestimmte Zukunft teilen, die uns sehr wohl das Recht auf Selbstbestimmung verwehren könnte.« Wieder zögerte er. »Ich will damit sagen, Par, daß wir die Kinder von Brin und Jair Ohmsford sind, die Erben der Magie des Elfenhauses von Shannara, die Bewahrer eines Geheimnisses. Allanon war es, der uns dieses Geheimnis anvertraut hat, er war es, der auf seinem Totenbett zu Brin gesagt hat, daß die Ohmsfords die Magie über Generationen hüten würden, bis sie wieder gebraucht werde.«

Par nickte langsam. »Du glaubst also, daß wir diejenigen sein könnten, für die das Geheimnis bestimmt war?«

»Ja, das glaube ich – und diese Möglichkeit jagt mir Angst ein, so wie mir noch nie etwas Angst eingejagt hat! Ich fürchte mich davor! Ich will mit den Druiden und ihren Geheimnissen nichts zu tun haben! Ich will auch nichts zu tun haben mit der Elfenmagie, mit ihren Forderungen und ihren Tücken! Ich möchte nur allein gelassen werden, ich möchte mein Leben auf eine Weise leben, die ich für nützlich und befriedigend halte – und sonst nichts!«

Par senkte vor dem Zorn, der aus den Worten des anderen sprach, die Augen. Dann lächelte er traurig. »Manchmal liegt es nicht an uns zu entscheiden, Walker.«

Walker Bohs Antwort fiel anders aus als erwartet. »Zu der Meinung bin ich auch gelangt.« Sein schmales Gesicht war hart. »Während ich darauf gewartet habe, daß du wieder aufwachst, bin ich zu dieser Meinung gelangt.« Er schüttelte den Kopf. »Weil ich mich im Wildewald versteckt habe, bist du fast ums Leben gekommen. Ich könnte mich wieder so verhalten. Und welchen Preis müßte ich dann bezahlen?«

Par schüttelte den Kopf. »Du kannst dich nicht für die Risiken, denen ich mich freiwillig ausgesetzt habe, verantwortlich machen, Walker. Kein Mensch kann diese Last der Verantwortung tragen.«

»Da bin ich anderer Meinung, Par. Er muß sie sogar tragen, wenn er über die notwendigen Kräfte verfügt. Begreifst du das nicht? Wenn ich über die Kräfte verfüge, bin ich verpflichtet, davon Gebrauch zu machen. Tja, ich bin gekommen, um dir etwas zu sagen, und ich habe es dir immer noch nicht gesagt. Es wird am besten sein, wenn ich es hinter mich bringe… Ich gehe mit dir«, sagte er schlicht.

Par erstarrte vor Überraschung. »Zum Hadeshorn?«

Walker Boh nickte. »Um Allanons Schatten zu treffen – falls es tatsächlich Allanons Schatten ist, der uns gerufen hat – und um zu hören, was er zu sagen hat.«

Seine knochige Hand legte sich kurz auf die von Par. »Ruh dich jetzt aus. Wir haben eine weite Reise vor uns. Laß mich für die Vorbereitungen sorgen. Ich werde den anderen Bescheid geben und dich abholen, wenn es Zeit ist, daß wir uns auf den Weg machen.«

Walker Boh stand zu seinem Wort. Zwei Tage später, kurz nach Sonnenaufgang, erschien er mit Pferden und Proviant. Par war in den vergangenen anderthalb Tagen auf den Beinen gewesen; er hatte sich ziemlich gut erholt. Er war angekleidet und wartete mit Steff und Teel auf der Veranda des Hauses, als sein Onkel, gefolgt von den Tragtieren, aus dem Schatten des Waldes trat.

»Hier kommt ein Fremder«, murmelte Steff. »Hab' ihn in der ganzen Zeit höchstens fünf Minuten gesehen. Und jetzt ist er plötzlich wieder da, einfach so. Mehr Geist als Mensch.«

»Walker Boh ist wirklich«, antwortete Par, ohne den Zwerg anzuschauen. »Ein Mensch, der von seinen eigenen Geistern verfolgt wird.«

»Tapfere Geister, wie ich das sehe.«

»Du fürchtest dich noch immer vor ihm, nicht wahr?«

»Mich fürchten?« Steffs Lachen war rauh. »Hast du das gehört, Teel? Er will mich auf die Probe stellen!« Einen Augenblick wandte er sein narbiges Gesicht Par zu. »Nein, er flößt mir keine Angst mehr ein. Er bringt mich nur zum Nachdenken.«

Coll und Morgan erschienen, und die kleine Kolonne machte sich bereit zum Aufbruch. Stors eilten herbei, um sich von ihnen zu verabschieden, als die Gefährten ihre Pferde bestiegen.

Walker sprach mit einem oder zweien; seine Worte waren so leise, daß kein anderer sie verstehen konnte. Dann blickte er sich noch einmal nach ihnen um. »Ich erhoffe für uns viel Glück, meine Freunde«, sagte er und wandte sein Pferd nach Westen, zur Ebene hin.

Viel Glück, weiß Gott, das brauchen wir, dachte Par Ohmsford.

# GOLDMANN

## *Der phantastische-Verlag*

*Phantastische und galaktische Sphären, in denen Magie und Sci-Tech, Zauberer und Ungeheuer, Helden und fremde Mächte aus Vergangenheit und Zukunft regieren – das ist die Welt der Science Fiction und Fantasy bei Goldmann.*

Die Schatten von Shannara 11584

Das Gesicht im Feuer 24556

Raistlins Tochter 24543

Die Star Wars Saga 23743

*Goldmann · Der Taschenbuch-Verlag*